KB124083

문학과지성 시인선 361

손가락이 뜨겁다

채호기 시집

문학과지성사

문학과지성사에서 펴낸 채호기의 시집

지독한 사랑(1992)
슬픈 게이(1994)
밤의 공중전화(1997)
수련(2002)

문학과지성 시인선 361
손가락이 뜨겁다

초판 1쇄 발행 2009년 6월 5일
초판 3쇄 발행 2013년 11월 8일

지 은 이 채호기
펴 낸 이 주일우
펴 낸 곳 ㈜문학과지성사

등록번호 제1993-000098호
주   소 121-840 서울 마포구 서교동 395-2
전   화 02)338-7224
팩   스 02)323-4180(편집) 02)338-7221(영업)
전자우편 moonji@moonji.com
홈페이지 www.moonji.com

ISBN 978-89-320-1964-2

문학과지성 시인선 361

손가락이 뜨겁다

채호기

2009

시인의 말

힘든 시간들······ 기댈 수 없는
말들로 이루어진 시에 기댔다.
골똘하게 시를 바라보고 있을 때
나는 사라지고 이상하게도 타인의
낯선 눈으로 사라진 나를 바라보는
말들이 있었다.

2009년 6월
채호기

손가락이 뜨겁다

차례

시인의 말

편지

맑은 물 아래 또렷한 조약돌들
당신이 보낸 편지의 글자들 같네.
강물의 흐름에도 휩쓸려가지 않고
편안히 가라앉은 조약돌들
소근소근 속삭이듯 가지런한 글자들의 평온함
그러나 그중 몇 개의 조약돌은
물 밖으로 솟아올라 흐름을 거스르네,
세찬 리듬을 끊으며 내뱉는 글자 몇 개
그게 당신이 하고 싶은 말이었겠죠,
그토록 자제하려 애써도
어느새 평온함을 딛고 삐져나와
세찬 물살을 가르는 저 돌들이
당신 가슴에 억지로 가라앉혀둔 말이었겠죠,
당신의 의지로는 어쩔 수 없는
심장 속에 두근거리는.

강물의 심장

당신 편지를 읽는 것만으론 부족해
편지지에서 글자를 딴다.
투명한 물 아래 선명하게 보이는
그것들에게 손을 뻗는다.
물의 살에 손을 집어넣을 때
차갑고 부드러운 감촉, 일렁이는 물결,
일그러지는 글자들
아직도 가라앉아 있는 돌들
투명한 당신의 가슴 안에
손을 집어넣어 물고기처럼 퍼덕대는
마음을 거머쥐듯
강물에서 돌을 따낼 것이다.

물은 손에 부딪혀 더 세차게 흐르고
그 진동에 숲이 부르르 떤다.
당신의 신음처럼
새들은 어지럽게 공중을 휘젓고
멀리 있어 보이지 않는 당신

신경의 흥분과 육체의 떨림을
이곳에서 편지의 글자를 낚아챈
손으로 생생하게 감지한다.

물결

당신은 천천히 흐르는 시냇물
내 눈빛은 물결에 닿아
색깔이 변합니다.

어딘가에서 와 어딘가로 흘러가는
당신의 부드러운 살결에 빠져
한나절 내내 몰입했습니다.

당신의 놀라운 물에 손을
집어넣고 살갗 아래 딱딱한
돌들을 만져보았습니다.

햇빛을 반사하는 재빠른 물고기
내 손끝을 빠져나간 충격이
당신의 물결 안에 소용돌이칩니다.

물고기가 숨은 돌에 부딪쳐 물방울은
물살을 거스르며 튀어 오릅니다.

햇빛이 당신의 육체를 관통하는 한낮

부드럽고 시원한 간지럼이 내
팔목에 부딪쳐 부서집니다. 바닥까지
훤한데도 당신의 육체는 어둡습니다.

어둠 속에 강가를 서성였네

밤에 강물 흐르는 소리 곁에 넋 놓고 앉아 있었네.
강물이 투명한 자기 배를 내보이며
흐르는 물결 아래 빠진 나를 걱정하였네.

밤의 수면 위로 자기 삶의 막을 터뜨리며 들끓는
물거품처럼
나는 그대의 차가운 나신에 섞여들 수. 없었네.
그대를 쓰다듬는 시간의 긴 손가락들을 질투하며
나는 잡풀 같은 어둠 속에 강가를 서성였네.

그대는 나의 영상을 가졌었지.
그러나 이제 그걸 나의 주검으로 바꾸려 하네.
물 위로 꽃잎을 펼치는 환한 달
시간에 이끌려 저편 하늘로 사라지기 전에.

물 밑바닥

어느 때는 투명하여 조약돌
밑에 그게 사금파린지 피라미
눈깔인지 속속들이 훤히 들여다보인다.

어느 때는 아무리 들여다봐도 그 속을
알 수 없어 손을 집어넣어 휘저어보다가
종내는 플래시까지 머리에 끼고 들어가보지만

들어가도 들어가도 바닥은 고사하고
캄캄하기만 하여 간신히 마지막
끝 숨만 남긴 채 도로 나와 헐떡거린다.

내가 들여다보든 당신이 들여다보든
우리 마음은 알 수 없다. 서로 속을
훤히 알고 있다 싶어 첨벙 뛰어들면
얕은 바닥에 머리가 깨지거나 너무 깊어
그 끝을 알지도 못한 채 영영 도로
나오지 못한다. 우리가 서로 알고
주의해야 할 것들은 아직도 너무 많다.

한번 들여다보세요

강 밑바닥에 웅크린 채
물 표면을 응시하는 검은 물고기
그게 제 마음이에요.
한번 들여다보세요,
밤에 강가를 서성이다
잡풀을 부여잡고 웅크릴 때.

밤하늘에 뜬 별들처럼 수면에는
불빛들이 반짝이며 유혹합니다.
그중 당신의 눈빛을 발견할 때까지 미끼나
투망으로도 제 마음은 잡히지 않습니다.

물결을 거스르며 헤엄칩니다만
마음은 줄곧 당신을 노립니다.

마음은 어쩔 수 없지

강바닥에 엎드린 물고기.
내 마음을 내가 들여다본다 해도
어쩔 수 없지, 저 끈질긴 물고기.

수면 위로 별안간 솟아오르며
당신 가슴을 놀라게 해도
옮길 수 없지, 당신 속에는.

욕망이 불쑥 물속으로
손을 내뻗는다 해도
잡을 수 없지, 재빠른 물고기.

투명하여 빤히 들여다보이는데도
마음은 어쩔 수 없지,
재빠르고 끈질긴 저 물고기.

아가미를 벌렁거릴 때마다
물천장을 두드리는 마음의 기포들.
당신을 노리는, 웅크린 저 물고기.

물의 초대

물은 문이 없다.
죽음에 문이 없듯이
어느 때에 피할 수 없이
그것을 통과해야 하는 순간이 있을 뿐.

세숫물에 얼굴을 담글 때의 부드러운 접촉,
힘찬 도약과 추락에 이어지는 충돌 같은 것이 있
을 뿐,
물은 열리지 않는다.

물 안으로 들어가는 순간
낯선 세계의 질서가 나를 기절시키고
숨 막힘으로 걸어 들어간다. 그때
물은 죽음이다.

(물의 세계—알 수 없는 두려움과
완벽한 결합이 가져오는 관능의 감촉들!)

물에 잠기는 순간
나는 두 눈을 똑바로 뜨고
숨을 참고 정신을 차린다.
물이 나를 변종시킨다. 그때
물은 고요함이다.

물 안에는 기포들이 태양처럼 반짝인다.
작은 물고기들이 별무리로 떠다니며,
황홀하게 유영하고 순식간에 이동하며,
소리 없는 평화가 귀를 멀리까지 보낸다.

내 몸은 물을 따라 가볍게 흐르고
천천히 더 깊은 물의 내면으로 가라앉는다.
물이 물속을 구르는
압축된 밀도의 마찰음이
내 몸에 끊임없이 도착하고
빛이 도저히 닿을 수 없는 원초의 암흑이
나를 둘러싼다. 나는 사라지고

암흑이 존재한다.

(시각이 무화된 상태에서 나는
암흑이 나의 내면이고 영혼의
통로라는 것을 선명하게 자각한다.)

물의 심부(深部)는 가늠할 수 없는
내 영혼의 통로. 내 영혼은
둥근 물벽으로 둘러져 있다.

물벽은 물 덩어리가 아닌, 그 속에
저마다의 영혼의 통로를 지닌
수천억 개의 물방울들로 이루어져 찬란하다.
별똥별, 긴꼬리유성들이 불꽃놀이하는 순간적인
도형들!
물방울은 환각의 아름다움으로 명멸한다.

물속에 물의 내부, 나의 내부이기도 한

텅 빈 통로, 그 영혼의 방의
고요함!
평화로움!
물은 영혼의 혈액이다!

물과 돌

누가 먼저 손을 내밀었나?
물의 손 아니면 돌의 손?

물은 온몸이 입술
말하려는 듯이 오므려 내민다.
돌은 입술 속의 이빨
딱딱하게 앙다문 채
말을 삼킨다.

젖가슴에 파묻힌 작은
아기 얼굴
물렁물렁한 살을 파고드는
손가락들
이건 모두 돌의 욕망.

부드럽게 혹은 딱딱하게
감싸며 궁굴리는 혀
숨 쉴 틈 없이 짓눌러오는

완벽한 압력
이건 모두 물의 욕망.

돌 속의 입술
물 속의 이빨

키스

반딧불빛 어둠 속에 속삭이는 밤의 강
깊은 수심에서 떠오르는 공기 방울들
물결은 內衣 아래로만 구불거리고
당신 몸에 범람하는 강물
풀잎 끝에 반짝이는 은밀한 숨소리
입안에 가득 고이는 키스의 물

입김

당신 입에서 나오는 하얀 입김
그걸 도로 내 가슴에 집어넣으려 한 것뿐인데,
하얀 영혼들이 새어 나가지 않게 흩어지지 않게
사라지지 않게 당신을 포옹하려 했을 뿐인데,

당신 입에서 막 피어나는 음악
그 보드라운 천이 내 얼굴을 감쌌어.
반투명으로 흐릿해 보이는 베일에 가려진
당신 얼굴 바다처럼 광막한 베일
그 밑에 빠져 익사하고 말았지.

당신을 둘러싸고 있는 투명한 공기
차갑게 얼어 딱딱한 유리창이 되었지.
당신을 가로막고 있는 유리창
꽃잎 무늬 성에가 마구 자라는 겨울 유리창
그 심해에 영원토록 갇히고 말았지.

창 안에 창밖에

태양 빛보나 더 환한 빛꽃이 지고 난 자리에
어떤 동글동글한 소리가 있었다. 가지에 매달린 목
소리,
바람에 술렁이는 전화기들, 그녀의 없음이 떨리고
있는.

빈 하늘에 부딪혀 메아리치는,
그녀를 감추고 있는 높은 나무 속의 5월.
창밖에는 초원 빛의 하늘에 숫양 구름들이 한가롭게
암컷을 차지하기 위해 뿔을 맞대고,

그녀를 찾아가는 전화는 창밖에 흩날리는 5월의
흰 꽃들.
보이자마자 나비가 되어 날아가는 목소리의 꿈틀
거림을
그의 눈이 멍하게 뒤쫓고 있는 동안, 들릴까 저 깊
은 유리창에도.

펄떡이는 연둣빛 전화기 속으로 그를 초대하는
그녀의 핏줄 잎맥, 그녀가 머무는 소리의 진동에
닿을까, 눈동자의 맥박 물결치는, 그녀가 머무는
저 바람의 바다에도.
빌딩 아래 차량들이 느릿느릿 지나가고,

사무실에 작게 틀어놓은 라디오, 창밖의 전화기,
책상 위의 물컵이 망토처럼 끌고 있는 긴 그림자,
더 이상 마실 수 없는 오후의 물 위에 천천히
그녀의 말이 떨어져 오래오래 파문을 그리다 사라
졌다.

야채샐러드

여름의 식탁에 당신을 초대하여
식사 전에 태양을 숙성시킨
술로 식욕을 돋우겠어요.
하이힐을 신은 멋쟁이 술,
한잔 더 드시겠어요?
당신의 물안개 덮인 호수는
아직 잠이 덜 깼답니다.

땀이 송글송글 맺힌 당신의 분홍빛 얼굴
예쁘기도 해라, 침대 위에 갓 씻은 꽃.
농익은 토마토의 붉은 빛깔에 깔린 흰 쟁반
맛보는 입술의 놀람과 관능적인 충격.

진초록 상추를 올라탄 붉은 치커리
흰색과 빨간색, 분홍색 장미꽃 튀김
오렌지 빛 금련화.
상추는 마약과 같이 정신을
잠들게 하고 당신의 감각을 흔들어 깨웁니다.

붉은 피망, 붉은 고추에 깔린
부추와 셀러리.
당신을 더듬는 이빨과 손가락
부추는 당신의 번식욕을 부추깁니다.

모든 것이 다 괜찮았습니까?

개양귀비

알록달록 물들인 얇은 천 손수건을 펼쳐놓은 개양
귀비
당신이 짧은 치마를 입고 앉을 때면
드러난 맨살을 아쉽게 가리던 그 손수건 같아요.

개양귀비의 화려한 빛깔을 보고 있으면
가려져 있는 당신의 하얀 다리가 더 궁금해요.

당신이 애써 감추려 하지만
희어서 더 눈길을 끄는 당신의 두 다리는, 그래서,
개양귀비 울긋불긋한 꽃잎들이 덮고 있어야만 해요.

당신이 없어서 하는 말이지만,

당신의 멋진 줄기에서 피어난 색종이 치마 같은 개
양귀비
보기엔 빠닥빠닥 풀 먹인 얇은 천인데
만지면 부드러운 감촉이 당신과 똑같아요.

꽃깍지에 싸여 똘똘 뭉치고 있다가
피는 순간 보자기를 펼치듯 확 풀어져
속내를 몽땅 드러내는 대담한 당신과 똑같아요.

웅크리고 있던 그대로 풀어져
주름 주름 다림질하지 않은 꽃잎이
화장 안 한 당신의 그윽함과 똑같아요.

당신이 없어서 더욱 그런 거지만,

알록달록 물들인 얇은 천 손수건
개양귀비, 그걸 보고 있으면
핸드백에서 색색의 꽃들을 꺼내는 당신의 손이며
펼쳐진 꽃잎에 조심스레 덮여 있는 당신의 다리가
허공중에 저절로 피어나 눈가에 간절하게 매달리
지요.

여인과 바다

모래 위에 누운 여인.
해를 가리고 시를 읽는 여인.

멀리 수평선,
해변 가까이 포말의 바다.
그 사이에 물결, 빛의 뾰족뾰족한 발들.

모래 위에 앉은 여인.
멀리 손가락을 뻗어 바다를 어루만지는 여인의 눈.

모래를 어루만지는 포말, 포말을 뱉는 바다의 입.
모래 위에 드러누운 여인, 치마 아래 드러난 다리.

여인 가까이 모래.
멀리 모래를 굴리는 파도.
포말을 빨아들이는 젖은 모래.
　그 사이 흰 모래, 흰 조개껍질, 발자국, 하얀 다리,
검은 돌.

모래 위에 누운 여인.

치마 아래 흰 다리, 꼬인 두 발.

시집을 덮고 고개만 든 채 바다를 본다.

여인의 깊은 눈은 손.

벌린 다리 사이를 지나 바다를 어루만진다.

눈을 뻗어 파도를 감싼다.

깍지 낀 손으로 머리를 괴고 바다를 어루만진다.

높은 하늘, 깊은 바다, 먼 수평선.

물결, 번쩍임, 파도의 구불거림.

들락날락하는 바다의 몸.

모래에 얼룩지는 바다의 리듬.

바다, 달려들며 엿보는 흰 포말.

멀리, 모래 위에 누운 여인.

치마 아래 작은 그림자, 엿보는 바다.

바다를 바라보는 여인의 눈.

바다, 빠져나가며 해안을 끌어당기는 바다.
조금씩 바다로 끌려가는 모래 위에 누운 여인.
손으로 해를 가리고 바다를 만지는 여인.

발가벗겨진 과일

1

밤이 달콤한 과육처럼 그대를 감싸고 있다.
그대의 나신은 눈도 못 뜬 벌레
과육 속에서 꿈틀거린다.

여린 살 속으로 느닷없이 밀고 들어오는
수술 장갑 낀 손가락.

2

나무줄기의 어두운 복도를 걸어 나온 과일들이
어둠을 더듬는 기적, 부들부들한 두부.

가득 채워지는 달콤함을 이기지 못한
살이 팽팽하게 당겨지며 얇아진다.

과수원은 망설이고 과육 속에
몸을 숨긴 씨앗들이 부르르 떤다.

3

나무와 나무 사이의 돌이킬 수 없는 허공에서
뻗어 나온 거친 손이 그대 얼굴을 틀어쥐고
놀라 달아나는 그대의 심장 두근대는 과일,
밤의 육체를 무자비한 손가락들이 후벼 파듯
낯선 숨이 그대 눈부신 젖가슴을 덮쳐누르고,
공포로 부풀어 오른 잎의 치마가 틀어지고,
억눌렸던 신음, 엉덩이에 닿는 차가운 감촉.

4

쟁반 위에 과일 같은 그대의 나신이

입안에 감춘 이빨들을 두려워하고 있다.

눈동자를 덮는 눈까풀만이 겨우
눈부신 그대의 나신을 가려준다.

5

밤이 여전히 그대를 감싸고 있다.
밤의 과수원에 군데군데
희고 둥근 가슴 수줍은 과일들,
동그랗게 뭉쳐지는 벌거벗은 밤공기들.

밤이 그대를 덮고 있다

밤이 그대를 덮고 있다.

어두운 찔레 덤불에 흰 꽃들 같은
어둠의 심지에 타오르는 등불 같은
그대의 눈부시고 뾰족한 나신이 눈을 찌른다.

더 이상 볼 수도 없는 실명의 이 밤에
눈빛을 무력화시키는 더 밝은 광도로
그대의 나신이 눈을 찌른다.

아직 녹지 않은 눈 무더기처럼
어둠을 베어 먹는
그대의 나신이 차고 빛난다.

시선 끝에 달린 손가락이
어루만지듯 그대를 본다.
벌거벗은 몸의 옷을 또 한 꺼풀 벗기듯 본다.

밤이 그대를 덮고 있다.
눈동자에 붙은 한 사내의 나신이
눈부신 그대의 나신을 덮어, 끈다.

그녀 1

당신은 보이지 않습니다.
키 큰 나무에 작은 잎들이 반짝일 때
당신의 숨소리가 들렸다고 하더군요.

당신의 입김은 꽃을 수줍게 합니다.
꽃 떨어진 그 상처 부위에
아직도 채 식지 않은 빨갛게
달아오른 열매들을 숨깁니다.
당신이 입을 열지 않으면
그 뜨거운 혀를 맛볼 수 없습니다.

당신은 바라보는 눈길도 없이
매만지는 손가락의 감촉도 없이
휑한 슬픔을 관통하며 흩어집니다.
당신은 보이지 않습니다. 당신은
멀리 내 인생의 바깥에 머뭅니다.

하지만 다리 가는 짐승이 숲 가 샘물을

기웃거릴 때 검은 유리처럼 반짝이는 물의
동공 속에 희미하게 당신이 비친다고 하더군요.

그녀 2

그녀의 눈은 12월의 별자리에서 뜬다.

그녀의 눈은 파르스름한 수정, 얼지 않는 물결로
나를 본다.

그녀에 대해 뭐라 말할 수 있을까?

그녀는 집이다.

그녀는 대도시의 주택가가 아닌 바다 근처 외딴곳
에 있다.

그녀에게 가려면 늘 모래 위를 걸어야 한다.

그녀의 하얀 나체 위에 새겨지는 발자국,

그녀에게 깊은 상처를 남기는 검은 사랑.

그녀의 반짝이는 아픈 살들이 머리카락과 손발에
오래 달라붙는다.

그녀의 어두운 사랑이 검은 개처럼

그녀 주위에서 어슬렁댄다.

그녀는 새카맣게 타버린 숯, 앞이 보이지 않는 밤
이다.

그녀의 우거진 숲 안에 거센 바람이 찾아와 뒹군다.

그녀의 칠흑 머리숲의 넓고 완만한 구릉 커다란 일렁거림;

그녀의 어두운 나무와 나뭇가지에 찔리며, 어두운 꽃향기에 몽롱해하며,

그녀의 따가운 가시에 등줄기를 찢기며, 보이지 않는 차가운 바위에 멍들며,

그녀의 숲이 내뿜는 어두운 열기에 숨 가쁜 호흡을 보태며,

그녀의 짜고 들큰한 어둠 속에 눈먼 짐승.

그녀의 촉감과 미각, 후각, 청각만으로 나는 밤늦도록 뒹군다.

그녀의 캄캄한 숲은 밤이슬과 땀으로 밤비 맞은 듯 축축하고

그녀의 별은 혼곤하여 빛을 잃고 슬며시 눈 감았다.

그녀의 밤은 가는 가지와 잎 잎, 키 낮은 풀잎 구석구석까지

그녀를 한껏 부풀리는 바람의 부드러운 속삭임으로 한참 술렁거렸다.

그녀의 번쩍이는 검은 사랑의 굴곡은
그녀를 향해 앞장선 나의 주홍빛 심장이 조금씩 더
듬어 찾아가는 험한 길.

그녀는 집이다.
그녀에겐 이미 주인이 있다.
그녀 안에 거주해온 그는 그가 없을 때나, 잠자리
에 들 시간이면 언제나
그녀를 잠근다. 바깥으로 열린
그녀의 모든 문들을 닫아버린다.

그녀의 사랑, 그녀의 영혼, 그녀의 비밀의 문.
　　나는 그 문 앞에서 먼 밤 파도, 이따금 부는 바
　람으로 늘 서성이며 망설인다.
그녀를 둘러싸고 있는 밤 정원의 온갖 꽃향기가
　　나의 정신을 혼미하게 하고
그녀의 밤의 신비로움과 고요함이
　　내가 곧 그녀를 열게 될 것이라는 기대와 뒤

섞여

그녀의, 귀뚜라미 소리밖에 들리지 않는 비밀한 고
독 내부는

　　나의 심장 박동 소리로 가득 채워져 고요의 긴
　　박한 폭탄이 되기 때문이다.

그녀의 둥근 어깨 같은 차갑고 둥근 손잡이를 돌려
문을 열 때마다

　　나는 냉담하게 돌아서 있는⋯⋯

그녀의 어깨를 잡고 천천히⋯⋯

　　내게로 돌려세우는 느낌이 든다⋯⋯

그녀는 곧⋯⋯

　　내 어깨에 얼굴을 묻으며⋯⋯

그녀로서는 도저히 감당할 수 없는 두려움에 떨며
울음을 터뜨릴 것이다.

　　내가 불안해하며 그녀를 여는 것처럼

그녀는 공포에 질린 울음으로 나를 받아들인다.

그녀, 내 마음의 어슴푸레한 창문 앞에 웅크리고

있는 고양이.

그녀, 귓전을 웅얼거리는 영혼의 냄새. 손바닥에
남아 있는

그녀의 하얀 등, 땀에 젖은 미역, 미끈미끈한 그녀
의 흰 다리.

그녀에 대해 뭐라 말할 수 있을까?

그녀는 집이 아니다.

그녀는 돌이킬 수 없는 시간, 거친 파도.

그녀, 알 수 없는 인동덩굴, 불투명한 정액.

그녀, 폭풍의 숲, 끝 모를 매혹.

그녀, 광활한 하늘, 열정의 대양.

그녀 안에, 언제 어디서나 열려 있는 바람으로, 나는

그녀의 폭풍 같은 자연과 간통하고

그녀의 파도 같은 사랑에 휩쓸린다.

그녀 3
—— 아끈다랑쉬(小月郞峰)*

그녀에 대해 뭐라 말할 수 있을까?

그녀가 다가왔을 때, 그녀의 머리카락 천천히 굽이 치는 강물의 황금빛 이랑이었고, 섬세하게 떨리는 침 묻힌 속눈썹 아침 첫 빛에 꽂힌 얼음 파편의 차가운 반짝임이었으며, 드러누운 벌판을 쓰다듬는 바람에 출렁이는 역광으로 눈부신 솜털의 억새밭이었다.

그녀가 떠났을 때, 그녀는 공기를 전혀 연소하지 않는 뜨겁도록 푸른 불꽃의 한 그루 나무였으며, 산 의 능선과 계곡, 활화산, 제주 오름이었다.

그녀의 육체의 수평선을 넘어 그 어딜까? 그녀의 영혼, 해저의 어둠, 창공의 광선, 심연이라고 할 수 밖에 없는, 그녀의 영혼.

그녀에 대해 뭐라 말할 수 있을까?

내 자신이 나의 배후와 비밀의 내부를 속속들이 파 헤칠 수 없듯이 그녀 눈의 깊고 어두운 바닥을 알 수 없고 그녀의 코와 귀, 배꼽, 성기, 항문에서 출발하는 발굴되지 않은 동굴의 미로를 도저히 알 수가 없다.

그녀의 잔상들: 나비의 날개, 온갖 꽃들의 모양과

색깔, 무지개, 빛에 따라 달라지는 색깔들의 변화, 온도에 따라 달라지는 바다의 빛깔, 시시각각 떨어지는 빛의 각도. 격렬한 사랑의 흔적으로 남은 이러한 그녀의 잔상들이 그녀를 그립게 하고 그녀를 사랑하게 한다. 나는 이 조각난 사랑에 대해 한마디도 못한다. 감은 눈을 뜨는 순간 사랑은 빛깔 속으로 흩어지고 만다. 입을 여는 순간 말은 들숨처럼 목 안으로 삼켜지고 만다.

*

어느 해 늦봄, 아끈다랑쉬를 찾아갔다. 나지막하지만 달의 높이에 오른 듯한 신비로 가득한 육체. 마을을 벗어나는 흰 길은 바람에 휘날리는 기나긴 연 꼬리처럼 길 없는 공중으로 자꾸만 치솟았다. 날개 없는 육체는 절벽에서라도 도약하고 싶다.

공동묘지의 봉분들처럼 비슷비슷한 오름들 사이에서 어느 오름이 엉덩이인지 어느 오름이 젖가슴인지

구분할 수 없었다. 그나마 흰 길마저 오름에 닿지 못하고 잡풀 더미 속으로, 배추흰나비의 날개 속으로 흐지부지 사라지고 말았다.

*

어느 가을날, 햇빛의 이마가 황금색으로 따가울 때, 달은 그녀의 배 안에 잉태되어 있었다. 이윽고 달이 그녀의 은빛 억새 연못에서 떠오르기를 기다리며 바람은 빛나지 않는 돌들을 공중에다 뿌렸다.

달이 뜬다. 그대의 눈이 두개골의 협곡에서 메아리처럼 돌아온다. 그녀의 선홍빛 꽃잎을 밀치고 머리부터 빠져나오는 신생아처럼 거대한 눈꺼풀을 젖히고 그녀의 얼굴에서 뜨는 달.

대낮의 공기가 달빛을 받아 밤의 푸른 입김에 덮인다. 들판은 흑백 사진 속의 드러누운 그녀. 빛나는 피부, 솟아올라 반짝이는 달의 엉덩이, 달의 젖가슴. 산소가 없는 수중 대기에서 바라본 그녀, 디뎌본 그녀의 몸.

아끈다랑쉬에는 낮이 없다. 저녁과 여명이 있을 뿐. 그녀는 경계가 없다. 바람에도 산에도 하늘에도 숨쉬기 곤란한 달의 세계 아끈다랑쉬의 높이에도……기억해보면 그녀의 육체와 거기 파인 물웅덩이에 비치는 영혼 속에 오래전부터 그 모든 것이 있었던 것 같다.

그녀에 대해 뭐라 말할 수 있을까?

*

아끈다랑쉬로 사출된 후, 좁은 밭둑과 허물어진 돌담을 돌아 성긴 잡목과 잡풀들 사이로 백구십여 미터의 가파른 곡선을 밟아 올랐을 때, 나는 아끈다랑쉬 자궁에서 거꾸로 이 세상에 떨어지고 있었다.

아끈다랑쉬는 그녀의 성기. 평지보다 약간 두툼하게 솟아오른 그곳. 생산이 중단된 억새로 뒤덮인 분화구. 나는 저 밑에서 올라온 것이 아니라 아끈다랑쉬에서 이제 막 태어난 신생아!

눈을 감고 은밀하게, 그녀의 비밀스런 어둠의 숨겨진 굴곡과 촉감을 더듬는다. 생애 최초로 작동하기 시작한 피부와 솜털, 감각과 말단 신경, 심장에서 세차게 분출하는 첫 피의 눈으로 굽어본다. 그녀, 사랑, 어머니, 낳아주고 죽음을 넣어줄 그녀의 육체, 그녀의 오름, 나의 아끈다랑쉬여!

* 제주도 한라산 자락에 있는 330여 기생화산 중 하나. 비자림 남동쪽 1킬로미터 거리에 있는 다랑쉬(月郎峰) 동쪽 옆 작은 다랑쉬. 표고 198미터 둘레 약 600미터(김종철 지음, 『오름 나그네』, 도서출판 높은오름 참조).

붓꽃

간밤에 당신이 잠들었을 때 빗방울이
유리창에 내 사랑을 적어놓았지요.
아침에 당신이 환하게 일어났을 때
창문은 당신을 반겨 보석처럼 떨며
사랑의 눈동자로 반짝였어요. 그러나
당신의 무심한 손은 관심도 없었지요.
정원에 새로 핀 붓꽃을 보겠다고,
유리창에 적힌 빗방울의 은밀한 서신을
얼룩인 양 말끔히 지우고 말았어요.

당신에게로 흘러가는 것이 내게 있다면

　내게서 당신에게로 흘러가는 무엇이 있다면, 수화기 속을 흐르는 강물처럼, 발목을 축이는 저 목소리처럼, 모른다고는 할 수 없겠지요. 노을이 흔드는 저녁을 달리는 차 안에 앉아서도 느낄 수 있습니다. 모른다고는 할 수 없겠지요.

　당신에게서 내게로 흐른다고 해도 좋겠지요. 그러면 질투는 어디로 흐를까요? 어느 날 내 눈에서 샘솟는 것이 당신을 적시지 않고, 내 가슴에서 샘솟는 것이 비가 되어 당신 창문을 두드린다면, 번뜩 번개가 눈을 뜨고 캄캄한 밤을 깨우듯 천둥이 울부짖을 때 당신은 그의 침대에서 일어나 창가로 오겠지요. 그러곤 빗방울처럼 흩뿌려놓은 낯선 글씨를 손가락으로 하나하나 더듬어 열겠지요. 차마 모른다고는 할 수 없겠지요.

　샘솟는 질투는 흐를 곳이 없답니다. 그래서 범람하는 질투 속에 갇혀 익사하고 말겠지요. 겨우 질투라는 것에 휩쓸려 떠내려가면 사랑은 아무도 돌보지 않는 흙탕일 뿐이지요.

내 코는 당신 냄새를 맡는다

당신으로부터 결별의 말을 듣고 난 뒤에도 나는
밤에는 잠자고 아침에는 깨어났다.
수영을 하면서 근육을 부드럽게 풀고
세 끼니를 거르지 않고 먹었다.
아무런 문제없이 회사 일을 처리했고
사람들을 만나 태연하게 웃고 얘기했다.
눈과 귀에 번갯불이 떨어져 불타올라도
내 시력과 청력은 지극히 정상이었다.
심장을 출발한 피는 발톱 밑의 미세 혈관까지 거침
없이 돌아다녔고
창자와 위도 꼬이고, 막히고, 터지지 않고 제 역할
을 다했다.
나는 죽고 싶었지만 어이없게도
사람들은 내 얼굴 세포에 번지는 곰팡이를 눈치채
지 못했다.

그러나 내 코는 당신의 냄새를 줄기차게 맡았고
내 눈은 되풀이되는 당신의 영상 때문에 붉게 상기

되었다.

내 뇌의 주름 주름마다 당신은 더 깊이 새겨졌고
내 손은 물건을 들 때도 당신을 더듬거렸다.

당신은 한여름에도 흰 눈을 목도리로 두른 큰 산처럼
어디에서나 하얀 이를 드러내 보이며 웃음 지었다.
휴일마다 다른 지방으로 멀리멀리 도망갔지만
낯선 거리 하찮은 골목의 한낱 쓰레기통 속에서도
당신은 예전의 그 눈길로 나를 쳐다보았다.
내게 원치 않는 이별을 강요했듯이 당신은
당신에 대한 기억에다 나를 가둬놓고 홀로 떠나버
렸다.

폭풍의 섬

그대와 나를 잇는 교량이 끊어졌을 때
그제야 내가 고립된 섬이란 걸 알았어요.

우리 사이에 파도치는 측량할 수 없는 깊이의 바다
가 있고
내 눈을 떠나 날아간 시선은 그대에게 가지 못하고
되돌아와 부리를 날개에 묻은 채
폭풍이 올 것같이 불안한 그대 쪽을 바라보기만 했
어요.

내 몸은 노을에 맞아 빛나는 바위 벽 저 아래 떨어
져 뒹굴고
캄캄한 가슴의 닳고 닳아 번들번들한 돌들 틈새로
파도 거품인 양 집요한 그대 손가락이 파고들며 중
얼거렸어요.

그대의 눈에서 나의 눈으로, 그토록 실어 날랐던
것이 무엇이었는지

나 혼자 도저히 자급자족할 수 없는 그 무엇 때문에,

절망 같은 까마득한 절벽을 돛 삼아

파도를 헤치며 그대에게로 거듭 항해하고 싶었어요.

눈

당신의 눈에서
사랑의 눈이 펄펄 내립니다.
눈은 쌓이지 않고 대부분
가슴에 깨끗이 스며듭니다.

당신이 가본 적 없는 내 마음의
먼 산에도 눈은 쌓이겠지요.
나는 도심의 한가운데서
흰곰처럼 웅크린 먼 산을 바라봅니다.

당신의 물기 어린 눈에서
눈이 내리고……
먼 산에 눈은 쌓이겠지요.

사랑은 이렇게 언 길을 미끄러지지 않고
흰 날개를 팔랑이며 내려와
조용한 수면에 닿겠지요.
흔적도 없이 사라지겠지요.

사랑하는 당신의 눈에서
사랑의 눈이 내립니다.
내 마음에 자국도 없이……

사랑의 함박눈이 내리고
내가 가본 적 없는 당신 마음의
먼 산에도 눈은 쌓이겠지요.

당신과 내가 이렇게
함께 따뜻해도
눈이 쌓일수록 깊어가는 고요뿐
당신과 내가 가본 적 없는
먼 산에 눈은 쌓이겠지요.

눈 쌓인 먼 산에 가끔
나뭇가지 부러지는 소리
당신과 내가 모르는
덧없는 치장일 뿐이지요.

애인이 애인의 전화를 기다릴 때

처음에는 전화를 기다리다
지치면 이쪽에서 그냥 걸면 될 것을
이번에는 네가 할 차례라며
그쪽 입술이 건너오기를 기다린다.

전화는 마음의 기호가 되어
전화가 없으면 마음도 없는 것,
수시로 애태우며 전화기를 끄집어내
확인하고 확인한다. 온통 전화기로
꽉 채운 심신이 전화의 기호가 되어
아무것도 할 수 없을 뿐만 아니라
녹초가 되어 벨이 울리지 않는데도
온몸을 진동으로 부르르 떨며 까닭 없이
벨 소리를 내지르며 짜증을 낸다.

이쯤 되면 전화기는 사랑의 기호가 되어
평소에 하던 메신저 역할로만 그치지 않고
자꾸 오바한다. 어떤 때는 전화기의 기계 고장이

사랑의 고장, 복통, 심장 파열로까지
오바하는 것이다. 우습기도 하고 씁쓸하기도
하지만 사랑이란 기호는 전화로 바뀌어
이제 연인들은 사랑해를 전화해로
표현해야 할 정도이다. 그러나 문제는
전화는 늘 휴대하는 걸 확인할 수 있지만
사랑은 확인할 도리가 없다는 것이다.

돈나무 작고 흰 꽃들

아득한 벼랑 끝에 돈나무 작고 흰 꽃들
세찬 바람에 자꾸만 생을 뒤집는다.
멀리 바다는 말이 없고
파도는 자꾸만 벼랑 밑을 휘감는다.

바깥을 내다보는 검은 눈동자
제 발밑으로 추락하고
거품을 일으키는 흰자위.
고통처럼 무거운 배들이 천천히 지나간 후
흰 바다에 붉은 실핏줄 자국.

내 눈의 막막한 벼랑 끝에
바위처럼 퍼져 앉는 검은 눈동자.
멀리 이마는 말이 없고
당신의 파도가 자꾸만 흰자위에 부닥친다.

당신은 나를 통해

당신은 나를 통해
당신의 불행을 보았다고 합니다

나를 몰랐다면
행복에 눈멀었을 거라고 하는군요

불행이 없으면 행복도 없다는 것을
당신은 너무나 잘 알고 있다고도 하는군요

당신은 나를 통해
당신의 행복을 알았다고 끝내 말하지 않습니다

당신의 말에 어쩔 줄 몰라 하는 한 사람을
당신 곁에 영원히 남겨두고 싶기 때문인가요

건널목

건널목에서 파란 신호등이
켜지길 기다리듯
당신의 눈앞에 서 있다.

내 삶은 건널목의 순간들에서
가는 방향을 바꾼다.
빤히 바라보이는데도 건널 수
없는 순간들이 삶의 이정표다.

안타까움은 건너다보이는 당신의
눈이 먼저 내 쪽으로 건너오는 것.
당신의 눈에 담긴 내가 내 삶을
앞질러 당신 쪽에 있기 때문이다.

내 삶의 방향을 바꾸거나
건너는 것을 포기할 수 없는
건널목의 순간들,

이 순간들은 당신이 거기 있고
당신을 본 순간 걸음을 내딛는
발에서 생겨난다.
건널목은 여전히 빨간 신호등.

복잡하고 어지러운 머리는
발을 따라가지 못하고 당신을,
삶을 끝내 알지 못할 것이다.
지루한 시간의 끈질긴 눈동자처럼
다만 건너편을 바라볼 뿐.

여름 숲

여름 숲에는 무언가 있다.
치마 밑에 숨은 듯 잎들
부풀어 올라 펄렁거리는,

두근거리며 사라지는 오솔길.
그 안쪽 여름 숲에는 우리가
알아내고 싶은 무언가가 있다.

날벌레와 꽃향기, 어두운 잎 틈새
번쩍거리는 빛들 사이로,
알아들을 수 없는 웅성거림과
기어 다니는 곤충의 눈 속으로,

랩하는 매미의 입, 키스하는
초록 입들 사이로 무엇인가 숨어든다.
바람과 나무가 뒤엉키는
사랑의 광경을 내려다보는

재빠른 새의 눈 속으로,
울렁거리며 물결치는 여름 숲, 더 깊이
우리가 따라갈 수 없는 곳으로, 비밀들은
향기만 남긴 채 숨어든다. 더 깊이.

겨울 숲

시간의 숲 속으로 들어가면
겨울의 찬 공기를 채 벗지 않은
나체의 나무들, 직립해 있는 침묵들.

한 나뭇가지가 부러지며 경고한다.
출처를 알 수 없는 다급한 새소리가
시간을 베어 넘긴다.

어두운 숲을 쪼개는 햇빛,
일광욕을 즐기는 검은 나무줄기,
바람의 그림자, 긴긴 오후의 나른함.

검고 어두운 고요, 음모와
미로의 말 같은 나무덩굴.
흰 눈, 베일에 덮인 피.
감싸고 감싼 겨울의 붕대.
배어나는 선명한 피.

흩어져 부유하는 공기를 염색하는
너무나 밝은 주홍색 저녁 빛.
피를 다 쏟아낸 뒤의 현기증.

밤

밤은 불빛을 호명하고
불빛은 강물을 유혹한다.

포근한 밤의 껍질!
오돌도돌한 감귤 껍질!

밤 안에 당신
감귤 속에 나.

감귤

가지에 달린 노란 감귤
동그랗게 뭔가를 포옹하고 있는
오돌도돌한 감귤 껍질
누군가 껍질을 까면
시고 달착지근한 말랑말랑한 것
실핏줄이 도드라져 보이는 작은 심장
먹을 수 없어서 망설입니다
살아서 두근거리는 연약한 것
동그랗게 뭔가를 포옹하고 있는 것들
가지에 달린 노란 감귤

액체의 별

돌의 침묵 속에 다이빙하는
반들반들한 밤의 칠판을 내리긋는
흠집 같은 별.

아무도 없는 폭풍의 해변에서
바다의 입이 절벽을 물어뜯을 때
피처럼 튀어 오르며 한순간 빛나던
뜯겨진 한 조각 말.

이별
그리고 밤 모래 언덕
네게서 돌아서서 한껏 도약했던
물방울

공백

모래알 속에 숨어버린
액체의 말!

오목한 돌에 간힌
액체의 별!

바다

너는 출렁거린다.
네 안의 꿈쩍 않는
깊은 어둠에는 아랑곳없이.
너도 어찌할 수 없는 저
머나먼 수평선으로부터 밀려오는
걷잡을 수 없는 힘에
쓰러지며 일어나며
너의 미래처럼 웅크린 절벽에다
너의 전체를 던질 때
뛰어오르는 한 방울의 바다!
너는 너로부터 돌아서서 익명의
모래알 사이로 가뭇없이 사라진다.

나는 걷는다

미루나무 사이로 난 길은 멀리 소실점이 되어 사라진다. 나는 걷는다. 흙알갱이들이 신발 바닥에 부딪치는 소리에 맞춰, 미루나무 잎들이 은빛으로 반짝이는 리듬에 맞춰, 머리카락들이 공중으로 날개를 펼치는 부력에 맞춰, 나는 걷는다.

길 끝에서 나는 나에게로 돌아선다. 나는 걷는다. 내게로 들어가는 입구를 찾아 헤맨다. 머리카락들 사이로 들어가려고 애쓰지만 가시덤불이 험하고 깊게 헝클어져 있다. 나는 이마의 암벽을 타고 내려와 가까스로 관자놀이에 닿는다. 귓구멍으로 들어간다. 나는 걷는다. 내 발걸음 소리가 달팽이관을 어지럽게 울린다. 나는 걷는다. 나는 내 귓구멍의 끝에서 길을 잃는다.

두개골의 절벽 까마득한 아래, 미끈거리는 뇌가 물에 잠겨 있다. 물은 소용돌이친다. 증오의 물결이 거세게 뇌의 주름을 휘돈다. 증오가 나를 점령하고 있다. 나는 걷는다. 증오로부터 멀리 벗어나기 위해 나는 걷는다. 그러나 증오는 부글부글 끓으며 내 머리를 조종하고 나의 걸음은 증오의 점령지를 벗어날 수 없다.

나는 증오의 감옥에 갇혀, 증오의 시멘트 바닥 위를 맴돌며, 증오에 굴복한 머리로, 증오를 골똘하게 분석한다. 나는 내가 스스로 주저앉기를 원하지만, 나는 내 머리의 중심부에 증오에 항거하는 빨치산의 거점을 마련한다.

나는 나의 증오를 끝장내기 위해 증오를 찾아 나서기로 한다. 나는 걷는다. 내가 증오의 감옥을 탈출할 때까지 나는 걷는다. 길이 닳아 없어질 때까지 나는 걷는다. 내가 닳아 없어질 때까지 나는 걷는다.

증오의 반대편 끝에서 나는 나로부터 돌아선다. 나는 걷는다. 증오로부터 탈옥하는 구멍을 찾아 나는 나에게서 빠져나간다.

멀리 미루나무 사이로 난 길이 보인다.

나는 걷는다. 흙알갱이들이 신발 바닥에 부딪치는
소리에 맞춰, 미루나무 잎들이 은빛으로 반짝이는 리
듬에 맞춰, 나는 걷는다.

한번도 살아본 적이 없는 알 수 없는 타인의 커다
란 눈동자 속으로 나는 걸어 들어간다.

나는 걷는다. 내 발걸음 소리가 타인의 삶의 궁륭
을 어지럽게 울린다.

비가 찾아온다

비가 찾아온다.
기억을 더듬듯
윗잎에서 아랫잎으로
잎에서 잎으로 튀어 오른다.
돌을 디뎌 스며들다가
한 겹 돌의 피부가 될 때까지
비는 구석구석 찾아든다.
빗방울 주렴에 굴절되는 산
가슴 안으로 울새 한 마리 재빨리 숨어들고
도로 아스팔트 위에
텅 빈 소로 흙 위에
비의 발자국.
옥수수 잎, 감자 잎, 상추 잎, 완두콩 잎
위에도 빠짐없이

비의 발자국.
농가 뒤꼍 주인 없는 수돗가
비어 있는 고무 다라이 안에 모여들고,

막혀서 고인 한적한 수로
죽어 있는 검은 물 표면을 소란스럽게 하고,
죽어 있는 검은 날들을 들쑤시며 깨운다.

죽은 기억을 소생시키듯
비가 찾아온다.

문 저편에

닫힌 문 앞에서 세찬 심장의
노크 소리를 들으며 문 저편의
돌이킬 수 없는 일들을 예감한다.

마음은 망설이고
어둠 속에 몸을 숨긴 꽃잎들이 부르르 떤다.
심장은 거듭 문을 두드리고
문고리를 잡은 손은 어둠 속으로
자꾸 미끄러진다.

알 수 없는 것들이 신경의
통로를 걸어다니고 무언가
튀어나올 것들을 억누르고 있는 육체,
저 안의 생물 덩어리.

결코 열리지 않을 문
저편 생각의 모퉁이 어느
한 페이지에 인기척이 꿈틀거리고

땀 흘리는 벽에 부딪쳐
헐떡거리는 불안한 의문들.

부풀어 오른 심장을 이기지 못한
살이 팽팽하게 당겨지며 얇아진다.
더듬으며 나아가야 하는 긴 복도가
아주 오래 지루한 문장처럼 이어진다.
공허한 어둠의 문 저편에 기록된
돌이킬 수 없는 육체, 저 안에.

나는 불안에게 인사했네

밤늦은 시각 영화관에서 공포영화를 보고 나왔을 때, 공포는 눈에 보이는 계단이나, 마려운 오줌, 걸치고 있는 옷처럼 그 어느 때보다 선명하다네. 하물며 공포를 주는 것들이 귀신이나 괴물 같은 초자연적인 것이 아니라 지금 앞에 보이거나, 스쳐 지나거나, 주위를 두리번거리는 친숙한 것들이라면, 공포는 이미 나와 맞붙어 있는 어떤 것이라네.

나는 도저히 공포로부터 도망갈 수가 없네. 내 손이 한기를 느끼는 맨살을 쓰다듬을 때 오돌토돌한 소름. 그것은 이미 내 살이 아니고 공포가 내게 던지는 신호이자 말이라네.

나는 내 자신이 이미 다른 사람에게 공포를 주는 것으로 보일지도 모른다는 생각에 최대한 공포를 보지도 느끼지도 생각하지도 않으려 한다네.

그런데 이제는 공포와는 또 다르게 생긴 불안이 저 멀리 복도의 어둠에서 스며 나왔네. 그의 발소리는 아주 또렷하게 천장을 울리고 동시에 내 뇌의 구불구불한 복도로부터 누군가 걸어 나오는 발소리가 해골의 천장을 울렸네.

우리는 얼굴을 마주할 수밖에 없었네. 손을 내밀어 악수할 용기는 없었지만, 나는 불안에게 까딱 인사했네. 불안이 알은체를 하는 순간 나는 불안으로부터 빠져나갈 수 없다는 걸 알았네.

그는 분명히 내 바깥에서, 내 눈앞에서, 짐짓 내게는 관심도 없는 척하면서 다른 사람들과 쾌활하게 얘기했지만, 나를 주시하는 날카로운 눈빛은 나를 거머쥐고 놓지 않았네. 그런데 그 순간 기이하게도 내 안에서도 불안은 복도에 서서 곁눈으로 나를 주시하며 다른 사람과 얘기하고 있었네. 내 안의 그와 내 밖의 그는 얘기하는 틈틈이 서로 눈을 마주치며, 내게는 똑같아 보이는 의미심장한 미소를 짓기도 했네.

내 밖의 불안을 보며 불안해하는 내 안의 불안. 이 모든 불안을 알고 친숙함을 느끼며, 또 그것으로부터 도망치려는 나는 또 무엇인가? 불안은 나인가?

희미하면서도 휘황찬란한 실내 조명등이 만든 내
그림자. 어떤 때는 짧고 뭉툭한 얼굴이었다가 어떤
때는 바닥과 벽과 천장까지를 뒤덮는 과장된 크기의
그것. 나는 그것 속에 숨고 싶었네. 나는 그것 속으
로 사라지고 싶었네. 누군가 멀리서 그 광경을 보았
다면 그것이 바로 불안의 정체라고 섣불리 예단했을
지도 모를 무정형의 그림자. 그것은 흐릿해지다가 아
예 없어지기도 하고, 도저히 지워지지 않을 콜타르처
럼 검고 끈적끈적하기도 했다네.

어떻든 내가 그런 그림자에 주목하는 그 와중에,
나는 불안을 놓쳐버렸네. (그러나 불안은 결코 나를
놓치지 않는다네.) 내가 마지못해 인사했고 내 안의
불안과도 눈 맞췄던 그 불안은 더 이상 내 주변에 없
는 듯했네. 그 틈에 나는 뒤돌아서 그곳을 떠나버렸
네. 어딘가에서 주시하는 불안의 눈초리가 내 뒷머리

를 간질였지만. 나는 과장된 제스처로 유리문을 확
밀어붙이며 그곳을 떠나버렸네. 그때 내 안의 불안도
나와 함께 그곳을 떠났는지 어땠는지는, 그 상황을
눈여겨볼 겨를이 없었다네.

자화상

너는 갇혀 있다.

너만 바라볼 수 있는 너의 거울 안에, 너는 갇혀 있다.

네가 잠드는 집과 출근하는 회사, 네가 말하는 언어의 벽들이 너를 감금하고 있다.

무엇보다 그 감옥 안에서 너는 안락함을 느끼기 때문에 도저히 탈출할 수 없다.

아무도 너를 갇혀 있다고 생각하지 않고, 너조차도 네가 자유롭다고 생각하기 때문에 너는 거의 포박되어 있다. ─자기 자신의 감옥, 모국어의 감옥, 자각할 수조차 없는 거울의 감옥!

새봄이 오면 새 풀들이 자란다. 너의 머리에도 머리카락이 자라고 새로운 언어들이 거품처럼 일어난다. 날아갈 듯 파닥거리는 거품은 희망인가? 비눗방울들은 터지고 사라진다.

새파란 목장에는 소들이 풀을 뜯어 먹지 못해 야윈다. 풀들이 말한다. 군데군데 흰 꽃들, 손 흔드는 언어들. 소들은 먹는다. 말하거나 침묵하지 않고 되새긴다. 네 통화 방식으로는 소들이 더 이상 파룻파룻한 초록 귀에 속삭일 수 없다.

언어로부터 추방된 사람들의, 부랑자들의, 불쌍한 사람들의, 포기하는 사람들의 언어. 네게서 자라나는 언어들은 얼기설기 얽힌 가시철조망, 강철프레스 같은 세계가 골통을 압박하듯 너의 생활 반경을 옥죈다. 태풍과 어울리는 기차.

네 주위에는 너를 발견하는 눈이 없고, 너 또한 너를 바라보는 시선의 독방에 잠겨 근심과 피로를 녹여 없앤다. ──좁고 깊은 한없이 꺼져드는 목구멍이여! 시야에서 아득해지는 길고 긴 기찻길이여!

너는 더 이상 너를 알아보지 못한다. 거울에 비친 너는 목줄에 묶인 원숭이인데, 거울에 비친 너를 보는 너의 눈동자는 사라져버릴 허망한, 그러나 물리적인 빛의 환영을, 너라는 하나의 오브제를 탐색한다.

구경꾼 가득한 서커스 천막이 네 거울 속에는 고독의 깊은 복도이다. ──아아, 어떤 언어도 한숨으로 번역되는 물결도 깊이도 없는 거울 표면이여! 얕은 미궁의 착란이여!

청회색 저녁 무렵

어두워져가는 청회색 저녁 무렵
나는 이 층의 계단참에서
꺾여져 아프게 내려가는 계단들을 바라본다.

내 안에 내가 통제할 수 없는
깨뜨릴 수 없는 어떤 끈덕진 물질이
차갑게 웃으며 침묵하는 저녁,
내 속에서 설명할 수 없는 답답함이
어둠의 무게로 마음을 잡아당긴다.

내 안에 나를 집 삼아 기거하는
초조함과 답답함의 덩어리,
그가 내뱉는 한숨 소리가 내 몸의 창문들을
미세하게 떨리게 하고
그가 숨 쉬는 무겁고 건조한 공기가
내 안의 저녁을 더욱 어둡고
쓸쓸하게 한다.

문밖엔 거칠고 캄캄한 숲,
거대하고 낯선 언덕이 가로막고 있는데……
우울하게 억눌린 마음의 눈초리가
잠겨 있던 문을 열고
내 밖으로 떠나버리고 싶어 한다.

서성이는 불안한 마음이
나를 떠나 어디로 갈지 망설이는,
불운한 마음을 물끄러미 쳐다보는 이 저녁.

나는 이 층의 계단참에서
그들이 내뱉는 깊고 암울한 탄식이 교차하는
이 저녁의 색채를 속수무책으로 바라본다.

접착제

어떤 생각은 도저히 떨어질 것 같지 않다.
생각은 귀 같다. 가끔 거울을 볼 때, 낯선
이물 같은, 그러나 얼굴과
뗄 수 없이 한 덩어리인 귀.

어떤 생각은 빠르고 귀찮은 애완동물인데,
어떤 생각은 갯바위에 붙은 따개비,
머리에서 꼼짝 않고 떨어지지 않는다.

나와 생각을 단단하게 붙이는 접착제는 뭘까?
생각하면, 생각은 점점 커지고 무거워질 뿐
생각은 내 몸과 딱 붙어 떨어지지 않는다.

생각은 생각을 먹고 자라고
어떤 생각은 제자리에 붙어서도 수천 리를 갔다
온다.
하지만 끝까지 생각은 꼼짝 않고 붙어 있다.

생각은 혹이나 티눈 같아서
내 몸 같지만 내 몸이 아니다.
어떤 생각은 어떤 생각을 절대로
떨어지지 않게 하는 접착제다.

칼로 썰거나 발로 짓밟아도
생각은 줄어들지 않고 내 몸만 아프다.
'더 이상 생각하지 말자'는 다짐도 생각.

다른 생각과 경쟁하고 다투고 맹렬해지는
생각은 한 번도 생각 밖의 세계를 생각하지 못하고
몸 밖의 전체를 조망하지 못한다.

생각이 기생하는 몸은 감각이 무뎌진다.
허나, 이것도 생각이다.

통점은 있다

고통을 파내기 위해 몸을 판다. 그러나 고통은 끝나지 않는다.

도구가 문제다.

생각으로 파내던 몸을 삽으로 파낸다. 살점이 도려내지고 피가 흐르지만, 그래도 고통이 숨어 있는 부위를 제대로 찾아내지 못한다.

눈을 감으면 고통은 직선으로 온다. 직선은 차곡차곡 쌓이지 않고, 되는대로 엉클어져 더 아프고, 해결할 실마리를 찾을 수가 없다.

눈을 감았다 떴다 하며 골똘히 생각하면, 고통은 덩어리째 떨어진다. 의식을 예리하게 갈아, 그 칼로 고통을 자디잘게 썰어낸다.

그렇게 통점을 찾다 보면, 잠시 통증을 잊을 수도 있다. 그러나 이내 고통은 다시 시작되고, 통점은 더 복잡한 머리나 마음에 있을지 모른다.

할 수 있는 건 다 해봐야 한다. 우선 큰 그릇에다

머리나 마음을 부어놓고 식탁 위에 올려놓는다. 옷을 더럽히지 않기 위해 앞치마를 두르고 젓가락을 집어 든다.

식욕이 동하지 않는다면, 흰 가운으로 갈아입고 예리한 핀셋을 집어 든다.

그릇에 담긴 나의 뜨뜻한 내용물들, 그걸 마주하고 있는 머리 없는 나의 손과 마음 없는 나의 눈.

통점은 분명히 있다. 할 수 있는 건 다 해봐야 한다.

절망과 함께

 잊어라. 지금 너를 짓누르고 있는 무너진 콘크리트 잔해 같은 절망을. 그러나 깜박할 틈도 없이 주시하라. 절망의 겨드랑이와 헐어빠진 성기 구멍, 찢어진 틈으로 겨우 들어오는 공기로 절망이 숨 쉬게 하라. 절망이 어떻게 생겼던가? 처음엔 형체도 없던가? 그걸 바라보고 문지르고 올라타고 붙이고 부수고 다시 붙이는 동안 그게 캄캄한 덩어리라는 걸 겨우 알아볼 수 있겠던가? 그건 싸늘하다. 그건 무겁다. 꼼짝 않는다. 언제부터인지 너는 그것에 짓눌려 버둥거리지도 못한다. 너는 이제 그 절망이 어떤 것인지 알게 됐다. 어느 때건 발가벗기고 자빠뜨리는 연인처럼 절망을 사랑한다. 이제 얼른 그 절망에서 떠나라, 단호하게, 언제 그것이 절망이었던지를 되새겨보지 못할 정도로, 그동안 네가 정성스레 키우고 있던 그 딱딱한 절망의 핵심 속으로 망명하라. 절망의 들판에서 바람을 호명하고 바람이 실어다 준 향기의 진원지인 꽃의 자리를 네 가슴에다 깔아라. 그리고 잊어라, 그 모든 것을. 다시 형체도 없는 낯선 절망 아래 버둥거릴 수 있도록.

절망이라는 것이

왔다 그것이
눈 속으로
똑같은 그것이
귀에도 닿고
콧속으로도 왔다.
찢어지지도 않고
쪼개지지도 않고.

그것은 만지기도 하고
맛보기도 한다.
모른다. 그것이
심장을 누르고 있는지
뇌에서 자라고 있는지
신경에 뿌리내리고 있는지
모른다.

안에는 그것이
자라는 공간이 있고
그것대로의 삶이 있다.

암흑

암흑은 그림자가 없다.
암흑은 차갑다.
암흑은 찐득찐득하다.
암흑을 벗겨내려 하자
얼굴 살껍질이 벗겨졌다.

껍질 벗긴 감귤의 속살 같았다.
실뭉치처럼 얼굴에 감겨 있는
실핏줄이 튿어져
핏방울이 맺혀
온 얼굴을 덮었다.
그 자체가 암흑이었다.

암흑은 암흑이다.
암흑은 그 전체가 암흑일 뿐
암흑은 절대 다른 것일 수 없다.

그러나, 그러니까 암흑은……

암흑 안에서 암흑이 말한다.
말했다. 부싯돌처럼
말에 말을 부볐다.
그게 시작이다,

암흑 안에서 가녀린 출구인 양.
그걸 알 수 있다.
그게 시작이다.

그래 그게 시작이다.
말한다,

그는 왜 바다로 갔을까

그는 바다를 만나기 위해 언덕으로 갔다. 그는 바다를 바라볼 수 있었지만, 다가갈 수 없는 수평선처럼 바다는 예전보다 더 그에게서 멀어졌다. 그는 바다를 갖기 위해 수영을 하고, 연안에서 낚시를 하고, 배를 타고 나가 바닷속으로 잠수를 하고, 선원이 되어 십수 년 바다 위를 떠돌았다.

그러나 바다는 수많은 물방울들로 만들어졌기 때문에 그는 피부에 묻은 약간의 바다만을 가질 수 있었다. 그나마 그가 가진 바다는 더 이상 바다가 아니었다.

그는 바다가 보이는 언덕에 앉았다. 멀리 바다는 거대한 검은 생물처럼 엎드려 있었다. 엎드려 있는 바다의 등껍질을 벗겨내는 예리한 햇빛의 면도날, 뜯겨나간 물방울의 돌기들이 쓰라리다. 마치 그의 등에 붙은 햇빛이 수많은 벌레처럼 가렵고 따갑고 오물거리듯이.

그러나 바다, 쓰라림을 모르는 무생물, 그리고 손

닿지 않는 그의 등.

　오, 바다! 죽는 순간까지 내 것이 아닌 삶이여!

　그가 바다로 가는 것은 그의 본래 자리로 되돌아가
는 것. 그것이 그의 죽음이든, 새로운 출발이든, 그는
파도의 마룻장을 딛고 물거품의 계단을 내려가 물고
기의 아가미를 통과할 것이다. 조개껍질, 산호 조각,
자갈, 모래, 수초에다 그의 영혼을 산란할 것이다.

　오, 바다! 최후이자 최초의 시간이여!

당신의 말

해진 옷자락 틈으로 만져지는 겨울 햇빛
당신의 체온만큼 따뜻하구나!
양말 속의 불 켜진 알전구처럼
기워야 할 찢어진 옷감 사이로
보이는 당신의 말!
나는 당신의 살갗을 쓰다듬듯 그 말을
애무하고, 그 말에 눈 맞춘다,
햇빛을 빨아들여 어두운 그 자리.

짐승의 말 1

맞은편에 짐승이 앉았다. 내가 사랑하는 짐승. 짐
승이 짖었다. 짐승의 말을 알아들을 수가 없다. 나는
말했다. 짐승은 짖었다. 고개를 숙였다. 바닥엔 아무
런 대답도 없다. 몸 안 저 깊은 곳에서 끓는 쇳덩이
처럼 말 없는 슬픔이 꿈틀거렸다. 짐승이 물끄러미
나를 내려다보고 있었다.

짐승의 말 2

구토를 한다.
너덜너덜한 말이 질펀하다.
똥을 눈다.
말이 나온다.

몸을 자르고
피를 짜내고
갈고 갈아
허공에 날려버려도

내가 사라진 이후에도
말은 남는다.

침묵 속에도
말은 정액을 남긴다.

거울의 악몽

1

밤에 그가 왔다.
거울 앞에서
누군가를 살해한 피 묻은 손으로
얼굴을 문질렀다.

그가 거울 속의 나를 보고 말했다.
벙긋거리는 나의 입이 그의 눈에 비치고
말소리는 그의 귀에도, 내 귀에도 들리지 않았다.

그가 거울 속의 나를 보고 말했다.
──사과를 깨물어 먹듯이 단어들을 먹지만,
　책이 과일 같기만 한 게 아니라
　폐타이어 같기도 하고, 육체 같기도 하고,
　미로찾기 같기도 하여 어떤 땐
　머리─어항 속에 기포 같은 생각들만 가득해지지.
　기포 안에 갇혀 있는 말들!

그의 얼굴은 타인의 말들이 얼룩져
안팎으로 뒤틀리고 사라지는 듯했다.
──그런데 말은 저격수처럼
　맞혀야 할 과녁이 늘 있지.
　분명한 분노나 적의가 없이도 말들이
　흉기가 되어 서로 찌르고 쏘는 광경을 봤지.
　아니 본 게 아니라, 내 말이 누군가를 찔렀어!
　아니 아니, 내가 한마디 말을 죽여버렸어!
　살해된 사람이 내 눈을 보고 말했지, 피로써!
　죽은 말이 바닥에 스며들며 증명했지, 피로써!
　말이 피었어!
그가 손으로 말할 때
나는 눈빛으로 대답했다.

거울 표면에 빠져나갈 틈이라도 찾는 듯
　얼굴을 찰고무처럼 짓누르고 일그러뜨리며 내가
말했다.

─어떻게 그런 일이 가능한가?
　그가 문장을 먹고
(문장이 반드시 영혼은 아니다)
─그가 말을 죽여버렸다.
(살해 도구는 말이었다)

그가 내게 말할 때
피가 튀어 내 얼굴을 적셨고
바닥에 그림자처럼 얼룩이 졌다.

피 없는 고통, 그게 나였다.
화분에서 이미 지껄인 말들이 자라났다.
나무의 생살을 뚫고 가시가 돋아났다.
영혼은 한순간 가시 끝에 아슬아슬하게 매달렸다.

─영혼은 거울에 비치지 않고 반사되어 반짝거릴
　뿐이지.
그가 거울 속의 나를 보고 말했다.

나는 그의 말을 듣지 못했지만
그의 말을 뒤집어썼다.
누군가의 피가 나를 칠하고 변종시켰다.

심장이식수술대에 누워 심장을 꺼내고
공포를 이식받는 환자, 그게 나였다.
핏발 선 눈으로 그가 내게 말했다.
거울 속에서 나는 그의 말을 봤다.
누군가를 살해한 손을 들고 떨고 있는 나를 봤다.

2

어떻게 그런 일이 가능한가?
내가 거울 속에서 빠져나가
번쩍거리는 칼로 그의 가슴을 찔렀다.
아니, 끝이 무거운 둔탁한 물건으로
그의 머리를 내리쳤다.

내 동공 안에서 그가 내게 말했다.

말은 피! 그의 말들이 내 손과
바지, 셔츠, 얼굴에 튀고
내 온몸을 흥건하게 적셨다.

말을 뒤집어쓴 살인자,
지울 수 없는 피비린내 나는
말을 뒤집어쓴 공포, 그게 나였다.

어떻게 그런 일이 가능한가?
내가 나를 죽여버렸다.

거울에 그 모든 장면이 비쳤다.
그러나 아무도 그 거울을 볼 수 없었다.
나는 거울을 떠나버렸고
그가 죽었을 자리에 내가
쓰러져 죽어 있는 장면이

밤사이에 거울에 담겼다.

아무도 거울을 볼 수 없었다.
마르지 않은 말들이 남아
바닥을 흥건히 적셨고
이 끈적한 말들이 거울에 담겼다.

텅 빈 복도, 말들이 얼룩진 방,
거울 안에 살해 현장이 남았다.
내 시체를 물들이고 있는 말들이
아침에 거울에서 반짝거렸다.

누군가 거울의 페이지를 열고
살해 현장의 흔적을 감추고 있는
단어들을 찾아낼 때까지
유리창도 의자도 꽃병도 탁자도
내가 사라진 그 자리에 그대로 조용하다.

마치 도서관에 나란히 꽂혀 있는 책들의
침묵처럼. 아침 햇빛이 책 속의
거울들을 낱낱이 펼칠 때까지.

시의 근육

시의 근육은
먹이를 쫓는 사자의 근육보다는
죽음과 경주하는 사슴의 근육이다.
아니 그보다는 사슴에게 꼼짝없이 먹히지만
어느새 초원을 뒤덮어버리는
풀이 시의 근육이다.

여름 새벽

대기에 녹아 있는 달콤한 보석들
바람 속에 떠도는 입안의 말들
녹색 귀들이 모두 한곳으로 쫑긋 세워진다
어느 입에서 나온 말들이 저 창공을 물들이나
숲에서 막 걸어 나온 샘물
새벽의 입안에 가득 고인 말
귓속으로 마구 파고드는 키스의 아기들

당신의 심장

돌은
시
눈으로
읽을 수 없는
당신
가슴에 빠뜨린
시
돌에 새긴
점자를 더듬어 읽어도
내용을 알 수 없는
시
손바닥에 감싸인
당신의
심장
읽지 않아도
두근거리는
시

꽃의 말

꽃에 속삭이면 꽃이 환해지는 말.
꽃의 그 말을 들으면 나도 환해질까?

꽃의
말은 어디로 듣나?
꽃은
그 말을 어디로 어떻게 받아들였나?

돌로
머리를 지그시 눌러본다.
돌
틈으로 말들이 돋아 나온다.

나비가 앉듯 혀를
꽃잎에 착륙시키고
허공에

말을 나비처럼 날려 보낸다.

밤길

밤길을 가는데 밤보다
더 어두운 돌이
갈 길을 막았네.

출입구가 없는 돌,
캄캄한 밤 속에
불 끄고 웅크린 불안에 부딪쳤네.

거친 돌에 입술 부비며 속삭이면
내 귀로만 되돌아오는 말,
마음을 전할 길 없네.

가야 할 밤의 한편에
불 켜진 창들이 있네.
초조하고 다급한 말들로
환한 병실이 있네.

가지 못한 그곳에 들끓는 불빛은

눈앞에는 없어, 지금 이 밤이
응시하는 출입구가 없는 돌일 뿐,
듣지 못하는 먼 곳에
웅성거리는 마음의 오지가 있네.

거친 돌에 몸 부비며
걸머질 수도 없는 큰 돌 앞에
마음은 말문 막힌 밤길.

귀 없는 돌 표면에 떨며
사그라지는 말의 입김,
마음을 전할 길 없네.

검은 돌 앞에서

겨울답게 눈이 내리고 있다,
몇 송이는 바람에 가볍게 흩날리며.

눈이 내리고 있다,
검은 돌의 화면에 희게 긁힌 자국을 내면서.

어찌할 수 없는 멀건 눈으로
나는 바라본다.
완고하게 닫힌 돌을 안타깝게
노크하는 눈송이들을.

불 꺼진 창 그 안의 어둠같이
퀭한 눈으로 입을 닫고 있는 돌.

어둠 속에 무슨 단서라도 있는 듯
어떤 대답이 들어 있는 듯……

검은 돌 앞에서 나는 불 꺼진

내 마음의 어둠을 뒤적거려본다.

눈이 내린다.
낡은 니트에서 떨어져 나온
보푸라기 같은 것들이 바닥을 굴러다니는데,
검은 돌을 두드리는 다급한 눈들은 금세 사라진다.

나는 내 마음의 어둠 속으로 손을 집어넣어
손끝에 걸리는 대답들을 안타깝게 기다려본다.

돌의 말 1

물길 막아선 바위 그 위에
앉았다 날아올라 공중을 휘도는 흰 새
그게 허공을 떠도는 돌의 말
누가 눈을 떠 듣고 있나
바위를 밀며 휘감아 빠져 달아나는 강물
푸른 급류 위로 부딪쳐 튀어 오르는
흰 거품들 사이에 섞여 거의
들릴락 말락 흩어지는 흰 새

돌의 말 2

말하는 돌을 만났다.
산을 올라가고 있을 때
목소리는 검고 험했다.
머리 위로부터 들렸다.

무슨 말인지 알아들을 수 없어
올라갈 수 없었다.
우회해서 비켜갔다.
돌은 오래 말을 했고
목소리는 굴곡이 가파르고
날카롭고 위험했다.

산은 말없이
움직이는 발의 말을
들었을 것이다.
말하는 돌을 만났을 때
잠시 말을 멈추고
돌의 말에 귀 기울이는

경탄하는 마음도 알았을 것이다.

말하는 돌을 만났다.
경이로운 말은
검고 우뚝했다.
오래 서서 눈 들어
열심히 들었다.

"돌은 산의 입술일 뿐
생각과 말은 산에서 생겨나는 것"이라고
돌이 말한다.

뒤돌아서자
돌은 입을 다물고
내려가는 발의 말을
집중해서 듣기만 하는
산이 발끝에 엎드려 있었다.

돌의 말 3

심장에서 피가 샘솟아
동맥과 정맥으로 퍼져 나간다.
뺨에 붉은 열매가 열리고
발가락에서 잔뿌리들이 자란다.
한 걸음 한 걸음 땅을 디딜 때마다
다리는 나무가 되어 가지를 뻗고 잎을 틔우고
뒤돌아보면 걸어온 길은 아득한 숲.

어떤 것은 눈이 아닌 심장으로
보아야만 한다. 심장에서
햇빛처럼 쏟아지는 시선,
빛에 닿아 반짝이는 나뭇잎들,
빛을 반사하는 돌들,
빛을 받아들이는 땅.

심장에서 나무로 심장에서 돌로
심장에서 땅으로 투명한
동맥과 정맥으로 연결되어 있는 통로.

시선은 그 혈관을 따라 흐르고
심장은 흐르는 피를 통해
돌을, 나무를, 땅을 본다.

아! 하늘, 사랑하는 하늘.
정맥을 따라 하늘의 푸른 시선이
심장으로 흘러든다.
심장은 나무에 붙어 꿈틀거리는 작은 벌레,
심장은 마른 번개.
하늘에 떠도는 작은 구름은 하늘의 심장.
산을 기어가는 작은 짐승,
보일 듯 말듯 작디작은 나는 산의 심장.
숲에서 기어 나와 구부러지며 대가리를 내미는
저 뱀은 산의 혀, 산의 말, 산의 성기.

어떤 말은 귀로는 들을 수 없다.
어떤 말은 온몸으로 듣게 된다.
바람이 한순간 모든 잎들을 한쪽으로

흐르게 할 때 나무는 전신으로 바람의
말을 듣게 된다.

바람이 불지도 않는데,
밤이 오고 어둠에
둘둘 말리지도 않았는데,
공중에서 화살처럼 하강하는
까마귀가 울지도 않았는데,
나는 온몸으로 그 말을 들었다.
돌의 말, 길은 끝나고
거대한 순간의 돌, 긴긴 시간의
미로들이 깎아낸 형상.

침묵의 무거운 무게, 침묵의 단단함.
눈앞에 침묵이 있다. 검은 돌.
말하지 않고 말하는 돌의 말.
침묵을 듣는다는 것은 침묵 속으로
걸어 들어가는 발걸음. 발바닥에 미끈거리는

침묵의 말들을 밟으며 침묵의
따뜻한 어둠에 잠긴다.

돌의 말은 들리지 않는다. 돌이
말한다. 돌의 말을 듣기 위해서는
마음을 움직여야 한다. 돌처럼
꿈쩍도 않으면서 움직이는 것.
그건, 돌 속으로 들어가는 방법.

돌의 말을 어떻게 들었을까?
돌은 침묵이면서 고독이다.
나뭇잎이 안절부절하고,
구름이 빠르게 흘러가고,
나뭇가지가 울렁거리고,
나무 둥치가 둔중하게 웅웅거리고,

모든 것이 바람과 함께 흔들릴 때
제자리에 정지한 채 부동하는 돌은

고독의 커다란 덩어리다.

돌의 말을 들었을 때
더 이상 말하지 않기로 한다.
아니, 말할 수가 없다. 돌처럼
나는 입이 없다.

말이 없다.
말이 있었던 자리에 숨 쉬는 침묵과
검은 고독이 있다.

돌이 있다. 최대한 숨을 참고
단단하게 몸을 웅크린 돌이 있다.
말 대신 말이 흉내 낼 수 없는,
혀가 도저히 발음할 수 없는,
돌이 있다.

소나기 온 뒤

그때 내 앞에, 포옹하기엔 너무 큰 나무.
흰 북극곰 같은 서늘한 바람이
여름 큰 나무 속으로 들어간다.
나뭇잎들이 부풀어 오르며 뒹군다.
뜨거운 입안의 얼음들, 여름의 빛나는 결정체들.
설명할 수 없는 삶의 어떤
환희가 빠르게 스쳐 지나간다.

낯선 시간, 낯선 얼굴, ……
낯설어 멈춰 서고 싶은 다정한
거리에 햇빛은 빈틈없이 찬란하고,
갑작스런 생의 전환이 눈부시다.

물 묻은 태양이 덜 마른 공기를 털어낸다.
부유하는 물─먼지들, 설명할 수 없는
삶이 여전히 낯선 길모퉁이로 빨려든다.

텅 빈 거리에 한마디 말이 남아 반짝인다.

아직 마르지 않은 구석에 고인 빗물,
말하고 싶은 욕구로 혀 밑에 침이 고인다.

여름 나무의 추억

투명한 햇빛으로 들끓는 텅 빈 정적 속에서
모가지를 꺾고 툭툭 떨어지는 붉은 꽃들은
결코 네 얼굴이 아니다, 네 피가 아니다.

한여름 잎들의 샤워 꼭지에서 짙은 그림자를
쏟아 붓는 진초록 그늘이 한결 너답다.
머리카락 그림자를 깊게 빨아들인 너의 얼굴,
검푸른 수면에 무지갯빛 반짝이는 기름을
띄운 듯 너의 얼굴에 햇빛 조각들이
가볍게 떠돈다.

햇빛 조명이 정오의 적막함을 밝게 비추고
불붙은 뜨거운 공기 사이로
짙푸른 잡풀들이 몸을 비튼다. 온갖
날벌레들의 날개 소리만이 귓속에 가득해서
거기 너로부터 아득히 먼 곳으로 나는 허공을
날갯짓도 없이 날아왔다.

저기 저 아래 바다 위에 촘촘히 떠 있는 섬들은
내가 네 밑에 물결처럼 드러누웠을 때 덮은
출렁이는 너의 진초록 잎들 같다.
올려다본 하늘 바다에 별이 된 너의 섬들,
섬으로 떠 있는 너의 잎들.

네게서 멀리 떠나왔을 때, 나도 모르게 나는
열매처럼 너의 이름을 입안에 넣어본다.
  너의 맛을 모른다고는 할 수 없겠지. 하지만 이
여름
  나는 결코 너의 이름을 입 밖으로 뱉어낼 수가 없
겠구나.
  안녕, 나의 진초록들이여.

글자들

글자들이 발가벗은 채
줄을 서서 기다리는 것이 아니다.
백지는 신체검사하는
병원이 아니다.

글자들은 펜촉 끝에서
울음을 터뜨리며 태어나는 것일까?
모니터 위에 반짝이는 광선으로 명멸하는 것일까?
아니면, 뇌가 부는 보이지 않는
생각의 풍선 안에 담겨 있는 걸까?

하얀 가운과 흰 병동의 백지에 갇힌
글자들은 모두 정신병 환자이다.
누가 그걸 진단하는가?

그러나 애당초 글자들은
백지에서 태어나지 않는다.
백지로 옮겨질 뿐, 타의에 의해

백지에 갇힐 뿐이다.

글자는 내가 바라보는 어떤 나뭇잎의
뾰족한 끝에서 오물거린다.
내가 바라보는 풍경에
내 시선이 닿는 그것에
애초에 없는 것이 생겨나
꼼지락거리는 것이 글자다.

나에게서 너에게로
너에게서 나에게로 전염되는
바이러스처럼, 내게도
네게도 없던 접촉 때문에
생긴 신종 바이러스처럼 내가
바라보는 그것에서 글자는
생겨나 오물거린다. 말하는
입 모양으로.

책을 연다

그 펼친 페이지에 글자들이 알약처럼
가지런하다. 당신이 그 글자들을
물도 없이 음복하려 할 때, 유리창에 난
기스나 얼어붙은 무늬의 성에 같은 성가시거나
어디론가 곧 사라져버릴 글자들, 그곳은

깊이와 폭을 측량할 수 없는 어둠이 된다.
있어왔던 삶의 급작스런 단절, 눈 뜨고도
눈 감은 것처럼 세상은 사라지고, 미궁의
암흑에서 부글부글 끓어오르는 당신의
상상이 지금까지 없었던 미지의
세상을 다시 산출하려 할 것인가?

당신이 습관처럼 글자들을 읽을 때
세상은 언제나 글자들 뒤로 깜빡
사라진다. 당신이 깜빡 눈을 감았을지도
모른다고 고개를 갸웃할 때에도……

자모(字母)의 소리와 단어의 위치, 낱말들의
상호 침투가 순식간에 당신의 머릿속에,
문형(文型)의 질서 속에 하나의 문장이 되어
판독되려 할 때, 그게 모두 저절로,
당신 혼자 한 것인가?

잠시 의문을 가질 때, 그 잠시는
깊고 긴 어둠의 함정일 수도 있다.
형광등이 깜빡거릴 때 한순간의
어둠처럼 당신의 머리도 깜빡 꺼진
암흑의 미궁 속에 내동댕이쳐졌는지 모른다.

당신이 무심코 글자들을 읽을 때, 깜빡,
세상이 사라진 암흑의 저 깊은 곳에서
글자들은 하얗게 반짝이며 당신의
목덜미에 박힐 것이다. 그 이빨을 가진
문장, 책의 날카로운 송곳니가 당신
살에 박힐 것이다. 암흑의 미궁 속에서

깨어난 새로운 세상이 당신을 덮칠 것이다.
아아, 황홀함! 아아, 겁탈의 순간이여!
온몸의 에네르기가 사출되고 난 뒤,
절정의 텅 빈 현기증이여!

책을 연다. 당신의 열쇠가 그녀의
열쇠 구멍에 꽂히는 순간 책은
펼쳐진다. 그곳에 그녀의 날카로운
단어들이 희고 부드러운 육체 속에서
번득인다. 그녀의 벌거벗은 문장들이
스펀지처럼 당신을 빨아들이고
당신의 텅 빈 세계는 미지의
그녀로 가득 채워진다.

사랑에 취한 당신

당신의 피가 돌아 붉은
장미여! 장미 꽃잎에 안겨
당신의 목덜미에 이빨을 박는
벌이여! 나비여!

어느 햇살 나른한 오후
사랑에 취한 당신은
시집을 열었다. 갇혀 있던
시어들이 휘발하며 당신의 코를
간질이고 당신은 눈을 감는다.
당신을 사로잡는 그의 몽롱한 향취.

리듬의 팔이 당신을 끌어당기고
당신은 펼친 시집으로 가슴을 덮는다.
당신이 읽던 시행의 손가락들이
당신 머리카락을 쓸어 넘기고
코와 인중, 입술을 간질인다.

사랑을 상징하는 하나의 문장이
햇빛을 받아 반짝인다. 당신이
받아들인 한 단어가 당신의
하얀 목덜미에 박힌다.

당신의 피를 빨아 더욱 붉은
입술 같은 장미. 구불구불한
장미 정원에 사랑에 감염된
당신의 무성한 꿈들이 오후의
짙은 그늘을 이룬다.

당신은 누구인가?

당신은 기다리는 사람,
꽃을 실어오는 식물의 혈관 근처에서 서성이는,
줄기로부터 새로 돋아나는 꽃대를
밀고 올라오는 꽃의 화약에 불을 붙이는
점화기, 당신은 꽃으로의 폭발을 격발하는 사람.

당신의 책에는 또 다른 사랑의 약탈자로
기록된 당신은 사랑을 표상하는 모든
단어를 훔쳐 먹는 공포의 포식자.
당신은 아름답다. 언어의 정자를 수정받아
꽃을 잉태하는 관능적인 신부.
글자가 당신의 자궁에 달라붙는 순간
사랑의 단어는 잉태된다.
꽃의 씨방은 당신에게는 책, 언어의 불알,
사랑의 정자.

꽃이 없는 책에서 당신은 꽃을 보고 만지고
향기 맡고 애무하고, 마침내 언어와의

격렬한 정사를 통해 사랑을 수태한다.

사랑이 없는 들판에서, 사랑과 무관한 산에서,
그저 바위일 뿐인 바위 곁에서, 냇물 옆에서,
당신이 출산한, 당신이 격발한 꽃들은 피어난다.
사랑의 단어에서, 사랑의 문장에서 사랑의
표상으로; 사랑의 향기로, 사랑의 자태로,
사랑의 색깔로 꽃들은 피어나 하늘거린다.

아아, 그러나, 당신을 떠나버린 사랑이여!
당신을 충만케 한 것도 잠시, 저 초원에서
하늘거리는 사랑이여! 이렇게 환한 날에도
당신의 고독한 눈동자는 맹인처럼 더듬거리며
책을 찾네. 모든 페이지의 문장에서, 행간에서, 단
어에서……
사랑하는 그를 발굴하기 위해 당신은 책을 읽는다.

당신은 기다리는 사람,

그가 부재하는 당신의 책에서 사랑하는 그를
약탈하는 사람. '사랑하는 그 사람'인 시행이
당신의 부드럽고 창백한 목덜미에 박힐 때까지,
당신의 책에서 사랑이란 단어의 입술이
당신의 어여쁜 피를 빨아 황홀하여
아득해질 때까지, 당신은
사랑하는 육체를 기다리는 사람.

숨소리의 문장

긴 호흡기관의 층계를 올라오는 숨소리
닫힐 듯 간신히 열리는 숨소리
정체 모를 타인의 숨소리
와 합쳐지고 좀 전의 숨소리
와 아득한 기억의 숨소리
가 뒤섞여 숨소리의 문장을 이룬다.

어떤 단어는 들판의 풀잎에 돋아나
차가운 이슬방울로 모래 위에
떨어져 천천히 스며든다.
어떤 단어는 이마의 땀구멍을 비집고
올라와 미간을 거쳐 코와 눈
사이의 계곡을 천천히 흘러내린다.

어떤 단어는 바람이 되어 창틀의 소리를 내다가
멀리 황량한 들판의 소리를 낸다.
어떤 단어는 끈적끈적한 어둠으로
덩어리가 되어 눈꺼풀을 무겁게 짓누른다.

어떤 단어는 안개가 되어 공기를
포옹하고 연인의 심장을 포옹한다.

아! **사랑**이란 단어
백사장 위에 하얀 조가비
주머니에 들어 손가락에 만져지는 글자.
아! **바다**, **파도**라는 단어와 한 문장을 이루어
밤하늘의 별자리 같은 아름다운
음악을 들려주는 **사랑**.

사랑이란 단어를 듣기 위해
책장을 여는 순간 무거운
관 뚜껑이 열린다. 책이 관이라니!
긴 호흡기관의 층계를 올라오는
숨소리. 정체 모를 타인의 숨소리와 뒤섞인
숨소리의 문장이 들린다.

그대의 방은 그대의 무덤

망망대해에 버려진, 난파된 사랑의 기억만을
간신히 부여잡고 파도 위를 떠도는 시인이여,
차가운 물방울의 고독에서 빠져나오지 못하는구나.

그대의 방은 헤드라이트와 브레이크등, 가등,
네온사인으로 물결치는 저녁의 번질거리는
도시, 수많은 조명의 파도에 포위된 한 점 검은 암
초이니.
일상의 번잡함에 둘러싸인 검은 바위,
세상에 쓸모없는 물거품만 지어내는 외롭고 어두
운 암초이니.

그대의 방은 그대의 무덤,
삶의 끝에서 맥박의 초침마저 사위어가는
시간만이 그대를 읽을 수 있다. 아니면
사랑을 잃고 슬픔에 빠진 어떤 사람만이,
수많은 사람들로부터 거꾸로 등을 돌린 고독한 어
떤 사람만이,

거듭된 실패와 실망으로 낙담한 어떤 사람만이,
고통과 질병으로 삶을 포기한 어떤 사람만이,
미래의 알 수 없는 기대에 짓눌린 외로운 어떤 사
람만이,
문득 그대의 방을 찾아간다.

그대의 방은 그대의 무덤.
이 저녁의 도심, 어둠과 별빛을 파묻어버린
빌딩의 환한 창문들, 그중 유일하게 불 꺼진
창문이 그대의 방이니, 수백 년 전에
죽은 사랑의 시인이 아직도 망망대해를
떠도는 곳이 그대의 방이니, 그곳에 있는

수많은 책들에는 수많은 영혼들이 갇혀 있다.
어둡고 오래 갇힌 영혼에서 풍기는 퀴퀴한 냄새,
날개 잃은 먼지들이 서로의 무게에 짓눌려 신음하
는 곳.
누가 그곳에서, 그 서가에서, 한 권의 책을 뽑아낼

것인가?

　어둠을 밝히고 먼지를 닦아내기 전에, 누가

　망망대해를 헤엄쳐 쓸모없는 암초에 상륙하겠는가?

　책을 펼치는 순간 풀려난 영혼이 영혼을 위무할 수도

　있을 것이다. 한 단어가 눈동자로 빨려 들어가 어두운

　신경에 불을 붙일 수도 있을 것이다. 그러나 어떤

　손가락이 그대의 책장을 펼칠 것인가? 그대의 책장은

　그대의 관이니, 책장을 열고 그대를 읽는 순간

　그대의 이빨이 목덜미에 박힐 것이다. **사랑**이란

　단어가 그대의 이빨! 이 저녁에,

　소란스런 이 저녁에 실의에 젖은 목덜미에.

손가락이 뜨겁다

하늘의 별은 뜨겁다. 밤은 차갑다. 벌거벗은 네 등은 차갑다. 내 손은 뜨겁다. 비가 오고 들판에서 피어오르는 뿌연 수증기. 내 손가락들이 수증기에 갇힌다. 물렁물렁해진 진흙에 발이 빠지듯 네 등을 산책하는 손가락들이 빠져든다. 네 등에 손톱 끝으로 고랑을 내며 글씨를 쓴다. 씨앗을 뿌린다.

흙이 글자를 끌어당긴다. 네 등에 묻힌 글자에서 싹이 돋고, 들꽃들이 피어났다. 밤은 뜨겁다. 꽃은 뜨겁다. 꽃의 향기는 시가 되어 손가락 끝에 만져진다. 네 등에 보이지 않는 무엇이 영원히 새겨졌다. 별은 뜨겁다. 손가락도 뜨겁다.

당신

사랑한다 당신을.
당신을 껴안는다.
당신은 없다.

백지 위에
당신
이 남았다.
당신
을 떼어내
주머니에 넣고 다니며
쓰다듬었다.
동글동글하고 말랑말랑한 당신.

당신을 읽는 순간
당신을 맛볼 수 있다.
동글동글하고 말랑말랑한 당신의 살.

사랑한다 당신을.

당신은 없다.
백지 위에
당신
을 쓴다.
당신을 머릿속에 떠올리며
당신
을 써서
남긴다.

그녀의 방

마침내 그가 방으로 들어왔다.
맞은편 흰 벽에 그의 그림자가 비쳤다.
탁자를 사이에 두고 그로부터 돌아앉은
그녀는 그의 그림자를 보고 하얀 두 손 안에
얼굴을 파묻었다. (흰 벽에 그녀의 그림자는
보이지 않는다.)

그녀는 그의 그림자에게 말했다.
그는 아직 오지 않았고 말의 그림자가
벽에서 살아 움직였다. 그녀의 말은
그녀의 손가락처럼 흰 벽에 그림자를 만들고
그녀에게는 그것이 그의 대답이었다. (아득한 곳,
그녀가 죽지 않고는 갈 수 없는 그곳에서
그가 온 듯 되돌아온 그녀의
간절한 말이 밤을 붙들고 있었다.)

올이 터져 자꾸만 풀리는 밤을 실꾸리에 감으며
빈 벽에 대고 그녀가 말하자, 그녀의 말 그림자는

그의 눈빛이 되어 그녀를 바라보았다.
그녀가 말하자 그림자가 팔을 뻗어 그녀의
머리를 감쌌다. 그림자의 떨리는 손가락이
그녀의 머리카락을 부드럽게 쓸어내리고
그녀가 말할 때, 그 말 그림자는 손가락을
세워 그녀의 입술을 다물게 했다. 그리고
그는 그녀에게 일렁이는 입맞춤을 했다.
말할 수 없는 대신 그녀는 가슴 벅찼다.

그림자는 사라지고

마침내 그는 방을 나갔다.
전등 불빛 아래 그녀는 홀로 남았다.

흰 벽에 그녀의 그림자가
방 안에 홀로 남은 그녀를 지켜보고 있었다.

깊어가는 밤이
불 켜진 그녀의 방을 지켜보고 있었다.

돌의 메아리
—— 마이산

그녀는 각지고 둥그스름한 돌
앞에 선다. 그녀가 비치지 않는 돌
입 다물고 돌아서서 대화를 거부하는 돌
을 그녀는 바라본다, 돌
이 그녀의 눈동자에 비친 자신을
발견할 수 있도록.

까맣고 노랗고 희고 푸른 모래들은 얼마나
긴 세월과 수많은 비바람을 압축하여
저 거대한 말의 덩어리가 되었나.
반짝이다 사라지고 흐려지다 나타나는
먼지들, 입김들은 허공중에 떠도는 얼마나
강한 사랑의 접착력과 서로 교배하는 음절들의 악
력으로
하나의 우뚝 선 음악이 되었나.
구름처럼 시시각각 모이고 흩어지는 우연의 형상,

거무튀튀하고 단단한 쪼개질 수 없는 차갑게 식은

별이면서 그 속에 한숨과 동굴과 오솔길과 생각과
미로와 감촉과 계곡과 우주의 감정을 감추고 있는
결빙된 태양의 재, 그녀 앞에 그녀가 비치지 않는 돌.

돌 앞에 서기 전에 그녀는 숲의
오솔길에서 벗어나 나뭇가지와
가시덤불의 액자에 담긴 물에
도착했다. 파르스름한 영상들로 말을
건네는 물. 소리를 침몰시킨 풍경은,
고요가 수정으로 굳은, 거울에 비쳤다.
투영된 영상들의 긴장이 부드러운 물을
순식간에 투명한 금강석으로 만드는,
단어들을 고정시키는 문장 속 의미의 근육들
처럼 숲 속의 그 거울을 장식하는 낙엽들을
밟고 그녀가 물가에 섰을 때, 갑자기 물에
낯선 것이 솟아나고, 문장에 파문을 일으킨
말은 벌써 그녀 안에 어룽거렸다. 거울에 비친 건
그녀가 아닌 말의 영상이어서 매혹적으로 울렸다.

말을 끄집어내기 위해 그녀의 하얀 손이
거울을 깨뜨리며 물속으로 들어갔다.

물에 젖은 하얀 손이 돌
을 깎았다, 손이 물을
잡을 때까지. 돌 부스러기들
이 하얀 손에 얼룩졌다, 돌을
읽을 수 있는 문장이 묻어날.
물에 젖은 하얀 손이 돌의 문장을
닦았다, 그녀가 비칠 때까지 문질
렀다, 돌이 그녀를 읽고, 그녀가 돌
에 비칠 수 있도록.

그러나 하얀 손이 물에 닿을 때 거울은 깨지고
영상은 흩어지고, 그림이 사라졌듯이, 불투명한
돌은 얇아져 반들반들한 거울이 되지 않고,
흐물흐물해져 수평의 물이 되지 않고
흩어져버렸다, 바람의 거대한 공허를 남기고.

152

그녀가 읽는 단어들이 나무로 우뚝하고
그녀가 읽는 문장들이 이끼로 미끄러운
그녀를 유혹하는 숲의 오솔길을 걷다가
그녀는 길을 가로막고 선 돌을 만났다.
각지고 둥그스름한 돌, 그녀는 돌을
펼쳤다. 문장 안에 그녀가 어룽거리며
비쳤다. 그녀 안에서 돌이 매혹적인 목소리로
울렸다.

숲 속의 밝은 햇빛이 눈동자에 머물렀다.
그녀가 물가에 섰을 때, 물에 비친 건
돌의 메아리, 검은 글자들이었다.

마이산

봉우리 나무 밑에 섰을 때
시야는 탁 트여 파란 하늘에
흩어지는 말을 들으려 쫑긋거리는
돌이 멀리 돛을 펼치고 있다.
대지에서 출항하여 구름 사이로
항해하려는 듯 공기는 떨리고
금관악기의 저녁 빛이 돌에 닿아
황금빛 뱃고동으로 물든 돌이
바람을 머금고 펄럭이는 듯,

고요의 심연으로 시간은 가라앉고
깊은 물속에 잠긴 산과 골짜기와
나무들 사이에 수천만 년 전부터
그 자리에 꼼짝 않고 닳아왔던 돌처럼
입 벌려 말하려다 굳은 채 나는
서 있었다. 먼 옛날 거대한 호수가
융기할 때 물결 한 자락이 돌이 된
울렁임의 가락으로 같은 한 덩어리의

물에서 좀더 격렬하게 분출하며 솟아오른,
거대한 물방울이 굳은 저 마이산을 마주한 채
애타는 기다림이 서서 굳어버린 돌로.

고요의 마법이 풀리고 돌로 굳어버린 내
입이 말하기 시작하면 저 돌의 귀는 마침내
돌의 부동을 풀고 물이 되어 유동할까?
흐르다가 내 입과 저 귀는 다시 하나의 물결이 될
까?
마이봉이 그토록 듣고 싶어 한 내 입속의 말은,

산과 숲과 돌이 얼어붙은 공기 아래
무겁게 잠겨 있는 황혼의 정지한 시간 속에
저 까마득한 바다으로부터 기포처럼 천천히
떠올라 팔랑거리며 떠도는 작은 이파리들이
목구멍을 치밀어 오르는, 억눌린 말들이 되어
목울대를 부유한다. 마이산은 귀를 쫑긋거리며
펼친 돌돛 가득 바람을 머금고 저 황혼으로의

출항을 재촉하듯 우뚝한 돌의 입상으로
꺼져가는 황금색 뱃고동을 울린다.

그것

그는 자신의 눈 속에 손가락을
집어넣어 그것을 끄집어낸다.
그것은 그가 언젠가 물에서 보았으나
그것은, 그때, 물속의 반짝이는 사금파리가 아니다.
그것은 그 순간, 눈 더 깊숙한 안쪽에서 반짝인다.
그것은 그 순간, 밤바다 항선들의 점멸 신호,
그것은 서로를 교신하며 물과 눈을 오간다.

그는 자신의 눈 속에 손가락을
집어넣어 그것을 끄집어낸다.
그것은 손가락에 집히지는 않는다.
그것은 손가락 끝에 묻지도 않는다.
그것이, 그렇다고, 손가락이거나 눈은 아니다.
그것은 더 이상 물에도 그에게도 없는 것이다.

그것은 없지만, 눈의 손가락이 글자 燈을 켤 때
그것의 그림자가 백지에 살아난다.
그것은 어디에도 없지만 누구라도

그것을 만날 수 있다,
그것을 비추는 글자들을 읽을 때면.

그는 자신의 책 속에 눈을
집어넣어 그것을 끄집어낸다.

어루만짐을 어루만지다

조 강 석

1. 구체적 부재

불가능한 사랑에 손을 내미는 시인들이 있다. 사물에 대한 인간적 이해관계를 모두 벗어버리려는 시인도, 순수 관념에 도달하려는 시인도 모두 절대라는 사랑에 탐미의 몸을 내어준 구애자들이다. 그러나, 하필이면 이런 불가능이라니…… 재현을 뚫고 실재에 이르고자 하는 모험을 하필이면 언어로 감행하는 이의 사랑은 구체적으로 불가능하다. 언어로 재현의 막을 치고 다시 그것을 뚫어야 하는 모순된 운동이 그의 작업이기 때문이다. 우선, 언어에 탐닉한 뒤 언어를 타고 넘어야 하는 것이 이 사랑의 줄거리. 그러니 가 닿을 수 없는 것에 언어의 베일을 드리우고— 아니, 언어의 베일 때문에 더욱 가 닿을 수 없는 것이 되고—그 베일에 시선 대신 손을 담그는 시인이 있다면 그의 이 기획을 에로틱 형이상학이라고 할까, 형이상학적 에로스라고 할까? 21세기의 존 던John Donne이 따로 없다. 그는 물리적인, 혹은 육체적인physics 것을 경과meta하여 재차 언어로 환기되는 것 너머의 것들을 손에 쥐려한다.

물의 살에 손을 집어넣을 때
차갑고 부드러운 감촉, 일렁이는 물결,
일그러지는 글자들
아직도 가라앉아 있는 돌들
투명한 당신의 가슴 안에
손을 집어넣어 물고기처럼 퍼덕대는
마음을 거머쥐듯
강물에서 돌을 따낼 것이다.

[……]
멀리 있어 보이지 않는 당신
신경의 흥분과 육체의 떨림을
이곳에서 편지의 글자를 낚아챈
손으로 생생하게 감지한다.

—「강물의 심장」 부분

우선, 언어가 위세를 드높이는 현장을 확인하자. 소쉬르 이후 지시 대상과 분연히 결별한 언어는 시어의 장에서 여전히 실재의 편린을 실어 나르고자 한다. 이론의 장에서 언어는 대상의 현존과 무관하게 되었지만 시어는 본질적으로 현존의 꿈을 지닌다. 보라, 이 시에서 절실히 소명을 얻고 있는 저 언어의 시대착오적anachronic 꿈을. '당신'은 멀리 있고, '당신'의 마음은 무형이라 화자는 직접 그 마음을 읽을 수 없다. 그러나 물 밑에 가라앉아 있는 돌들을 하나씩 어루만지며, 전언을 통해 '당신'의 마음을 거머쥘 수 있으리라는 기대를 버릴 수는 없다. 그뿐만이 아니다. 언어를 움켜쥐는 손에 '당신'의 "떨림"이 생생하게 감지된다. 언어를 움켜쥐면 '당신'이 움찔한다. 이 현장에서 언어는 베일이 아니라 현존의 힘줄이다. 아마도 이 시집을 통틀어서 가장 낙관적인 전망이 이 시에 담겨 있다고 할 수도 있을 것이다. 그러나, 똑같은 운동을 담고 있는 다음 시를 보라.

당신의 놀라운 물에 손을
집어넣고 살갗 아래 딱딱한
돌들을 만져보았습니다.

햇빛을 반사하는 재빠른 물고기
내 손끝을 빠져나간 충격이

당신의 물결 안에 소용돌이칩니다.

물고기가 숨은 돌에 부딪쳐 물방울은
물살을 거스르며 튀어 오릅니다.
햇빛이 당신의 육체를 관통하는 한낮

부드럽고 시원한 간지럼이 내
팔목에 부딪쳐 부서집니다. 바닥까지
훤한데도 당신의 육체는 어둡습니다.

———「물결」 부분

　물'살'의 흐름을 더듬는 손, 언어라는 힘줄을 통해 멀리
있는 그대와의 구체적 사랑에 탐닉하는 손이 물결 아래에
서 돌들을 휘젓는다. 거기서 햇빛을 반사하는 물고기들이
언어를 휘젓는 손을 울리고 미끄러진다. 물결 아래서 수
런거리는 기운들, 그 기운에 힘입어 잠시 얼굴을 드러내
는 '당신'의 마음이 물살을 어루만지는 손에 와 부드럽게
부딪치고 재빠르게 가라앉는다. 그러니, 말 속에 아무것
도 없다고 말하지 못한다. 말 속에 아무것도 없어서야 말
로 그대를 더듬으려는 마음 내켰을 리 없다. 그러나, 문제
는 여전히 그것이 '당신'의 현존과는 무관한 운동이라는
것이다. 여전히 그대는 물 밑 어둠 속에 있다. 말들을 어
루만지는 손 때문에 "바닥까지 훤한데도" 말의 어떤 권능

도 '당신'의 '육체'를 현존시키지 못한다. 이것이 자명하다. '당신'의 육체는 여전히 어둠 속에 있다. 물살을 어루만질 때 손에 잡히는 것은 구체적인 부재이다.

> 당신은 보이지 않습니다.
> 키 큰 나무에 **작은** 잎들이 반짝일 때
> 당신의 숨소리가 들렸다고 하더군요.
>
> 〔……〕
>
> 당신은 바라보는 눈길도 없이
> 매만지는 손가락의 감촉도 없이
> 휑한 슬픔을 관통하며 흩어집니다.
> 당신은 보이지 않습니다. 당신은
> 멀리 내 인생의 바깥에 머뭅니다.
>
> 하지만 **다리 가는** 짐승이 숲 가 샘물을
> **기웃거릴 때** 검은 유리처럼 반짝이는 물의
> 동공 속에 희미하게 당신이 비친다고 하더군요.
> ──「그녀 1」 부분 (강조는 인용자)

그러니 아마도 이 시집에서 우선적으로 눈에 띄는 것은 바로 이 구체적 부재일 것이다. 그런 의미에서 볼 때 에로

틱한 사랑이라는 이 시집의 스투디움studium 한쪽에서 독자의 눈을 찔러오는 다음 한 구절은 이 사랑의 풍크툼 punctum으로 기능한다고 할 수 있다.

당신이 없어서 더욱 그런 거지만.

시 「개양귀비」의 한구석에 놓인 이 구절은 시집의 한 가운데에 놓여 있다. 채호기의 시집 『손가락이 뜨겁다』는 바로 이 짧은 탄성의 울림으로 가득하다. 마치 테네시의 단지 하나가 사위를 장악하듯 저 짧은 탄성은 기저음으로 작용하며 시집 전체의 리듬을 관장한다고 할 수 있다. '당신'은 없다. 이것은 실제 상황이다.

'당신'은 없다. 그러나, 존재하지 않는 것이 아니다. '당신'은 여기 없어 보이지 않으나⋯⋯ 작용한다. 강조된 부분을 보라. "작은 잎들이 반짝일 때"에야, 그리고 "다리 가는 짐승이 숲 가 샘물을" 조용히 "기웃거릴 때"에야, 그 모든 미세한 울림 속에서만 '당신'은 자신의 부재를 현존시킨다. '당신'은 구체적으로 부재한다.

그러나 하얀 손이 물에 닿을 때 거울은 깨지고
영상은 흩어지고, 〔⋯⋯〕
　　　　　　　　　　　—「돌의 메아리—마이산」 부분

감은 눈을 뜨는 순간 사랑은 빛깔 속으로 흩어지고 만다.
　　　　　　　　—「그녀 3—아끈다랑쉬(小月郎峰)」 부분

　그러니 시어 속에 있는 것이 절대 부재가 아니라 바로
이 아슬아슬한 부재이기 때문에 그것은 자꾸만 불가능한
운동을 부추긴다. 언어를 통해서만 환기되는 부재를 현존
으로 바꾸려는 모험이 그것이다. 물에 손을 담그고 물속
에 잠긴 돌을 어루만져보고 그 돌이 울릴 때 '당신의 심
장'이 뛰는 것을 확인하려는 시도는 이 감질나게 하는 부
재로부터 비롯된 것이다. '당신'은 좀처럼 말을 타고 오지
않으며, 말과의 어떤 에로스로도 사랑은 환원되지 않는
다. 그리고 여러 시에서 이 환원 불가능은 어둠으로 은유
된다.

　2. 비가시계와 언어의 교환

　앞서 언급한 시들에도 직접 언급되고 있지만, 우리는
시집 곳곳에서 '당신'은 어둠 속에 놓여 있다거나 '당신'이
보이지 않는다는 호소를 들을 수 있다.

　밤이 여전히 그대를 감싸고 있다.
　　　　　　　　　　　—「발가벗겨진 과일」 부분

밤이 그대를 덮고 있다.

　　　　　　　　　　　—「밤이 그대를 덮고 있다」 부분

그녀는 새카맣게 타버린 숯, 앞이 보이지 않는 밤이다.

　　　　　　　　　　　　　　—「그녀 2」 부분

네 안의 꿈쩍 않는

깊은 어둠[……]　　　　　　　　　—「바다」 부분

반투명으로 흐릿해 보이는 베일에 가려진

당신 얼굴 바다처럼 광막한 베일[……]

　　　　　　　　　　　　　　　—「입김」 부분

　그러니까, 이렇게 시의 여러 곳에서 표상되는 어둠은
'그녀'의 존재 조건이 된다. 다시 말해 이 어둠은 언어의
흔적들 속에 표상되는 구체적 부재의 바탕이 된다. 따라
서 이제 이 어둠은 눈에 보이지는 않으나 존재하며 작용하
는 비가시계의 은유가 된다. 어디에서나 여일하게 '당신'
의 존재 조건이 되는 어둠을 비가시계의 보편적 조건으로
볼 수 있다면, 시 안에서 언어로 구축되는 구체적 부재를
보편적 부재의 부분들이라고 할 수 있을 것이다. 이를테
면, '그녀'는 여기 없다. 그러나 '그녀'는 어둠 속에서 작

용한다. 그리고 시는 그 보편적 부재 혹은 여일한 부재 조건을 구체적 부재로 구축하는 언어 작업linguistic works이다. '당신'은 예컨대, 앞서 보았듯이 "다리 가는 짐승이 숲 가 샘물을" 조용히 "기웃거릴 때"에야, 혹은 바로 그런 개별적 현장 낱낱을 언어로 구축할 때에야 비로소 미세하게 자신의 고동을 전해오며 손길을 끈다.

> 밤은 불빛을 호명하고
> 불빛은 강물을 유혹한다.
>
> 포근한 밤의 껍질!
> 오돌도돌한 감귤 껍질!
>
> 밤 안에 당신
> 감귤 속에 나.　　　　　　　　　　　──「밤」 전문

호명되는 것은 호명하는 것의 부분집합이다. 밤이 불빛을 호명하는 까닭은 이를 통해 자신을 드러내기 위함이다. 밤은 스스로를 드러낼 다른 방법이 없다. 밤은 불빛의 배경이자 조건으로 인지될 때에야 자신이 작용하고 있음을 고지할 뿐이다. 밤은 강물로 자신을 드러낸다. 비가시계의 어둠이 가시계의 대리인을 보냈다. 강물은 어둠 대신 얼굴을 내민다. 사정은 2연에서도 마찬가지다. 눈에 보이

고 내민 손에 감촉되는 감귤 껍질의 표면을 통해서만 밤은
제 살을 드러낸다. 메를로-퐁티를 원용하자면, '내'가 어
둠을 들여다보는 것이 아니라 어둠이 '나'를 들여다보는
형국이다. '나'는 감귤을 살펴보고 눈으로 그 표면을 어루
만진다. 그러나, 오히려 이것은 밤의 계획 안에 있다. 밤
은 불빛을 호명하여 감귤의 표면을 가시계에 내밀어놓았
다. 감귤을 바라보는 '나'를 통해 밤은 자신을 들여다본
다. 바로 그것이 어둠 속에 있는 '당신'과 '나'의 사랑의
원리이다.

'당신'이 밤 안에, '내'가 감귤 속에 있는 이유 역시 이
때문이다. 부재하며 작용하는 '당신'은 '나'를 통해 자신
을 들여다본다. 비가시계가 '나'를 통해 시각을 얻는다.
그것이 사랑이다. '그대'를 갖거나 부재를 되돌릴 수 없지
만 '당신'은 어둠 속에서 여전히 '나'를 통해 자신을 어루
만진다. '나'는 비가시계와 언어를 교환함으로써 언어 속
에서 부재하는 '당신'의 몸을 세운다. 이것은 시가 낯선
실재를 외부에서 수혈하여 재현하기 때문이 아니라 시어
가 그 자신 속에서 발생하는, 아도르노의 표현을 빌리자
면, 바로 그런 의미에서의 내재적immanent 실재를 지니
고 있기 때문이다. 아니, 좀더 정확히 말하자면 이런 사랑
이 가능한 이유는 언어 자신이 아니라 언어 작업이 내재적
실재를 지니기 때문이다. 시는 언어 속에 이미 깃든 실재
를 끄집어내는 것이 아니라 언어 작업을 통해 그 과정에서

실재를 시의 내부에 발생시키기 때문이다. 서두에 이중의
작업에 대해 이야기했다. 그러나 지평이 실은 그와 다름
을 확인한다. 언어로 재현 너머의 외재적 실재에 가 닿는
작업이 문제가 아니라 언어 작업을 통해 구체적 부재를 시
속에 발생시키고 그것을 통해 내재적 실재를 구축할 수 있
는가가 관건이다. 내재성을 매개로 한 비가시계와 언어의
교환을 통해 '나'는 '당신'을 어루만진다. 그러니, 시는 실
재의 거울이 아니라 열심히 실재를 낳는 입김이다.

    꽃이 없는 책에서 당신은 꽃을 보고 만지고
    향기 맡고 애무하고, 마침내 언어와의
    격렬한 정사를 통해 사랑을 수태한다.
                              ——「당신은 누구인가?」 부분

    부재하는 '당신'이 사랑을 수태하는 방법은 이것뿐이다.
"언어와의/격렬한 정사를 통해," 언어 작업을 하는 이의
손을 통해 '당신'은 자신의 사랑을 발견한다.

    사랑한다 당신을.
    당신을 껴안는다.
    당신은 없다.

    백지 위에

당신

이 남았다.

당신

을 떼어내

주머니에 넣고 다니며

쓰다듬었다.

동글동글하고 말랑말랑한 당신.

당신을 읽는 순간

당신을 맛볼 수 있다.

동글동글하고 말랑말랑한 당신의 살.

사랑한다 당신을.

당신은 없다.

백지 위에

당신

을 쓴다.

당신을 머릿속에 떠올리며

당신

을 써서

남긴다.   ——「당신」 전문 (강조는 인용자)

이 시는 비가시계와 언어가 교환되는 현장을 잘 보여준

다. 부재와 현존이 내재성을 매개로 언어 작용을 통해 교환되는 현장이 이 시의 내부가 아닐 수 없다. 언어로 재현된 실재를 언어 너머에서 접촉하는 것은 불가능하다. '당신'은 언어의 바깥에서 어둠이다. '당신'을 껴안으려 해도 '당신'은 없다. 그러나 '당신'은 "백지 위에" 남았다. 만약, 언어로 재현된 외재적 실재의 그림자라면 '당신'은 백지 위에 홀로그램으로 있을 것이다. 홀로그램은 어루만질수 없다. '당신'은 재현되어서가 아니라 시의 언어 조직 (작업, 노동, liguistic works)을 통해 시 내부에 내재적으로 실재함으로써 살을 지닌다. 마치 눈이 없는 비가시계가 저를 들여다보는 눈을 통해 감귤의 껍질에서 시각을 수습하듯이, 몸이 없는 '당신'이 '나'의 언어 작업을 통해 "동글동글하고 말랑말랑한" 살을 얻는다. '나'는 '당신'이 호명하는 것에 응해 '당신'을 언어 내부에서 빚음으로써 '당신'을 어루만질 수 있다. '나'는 언어를 통해 '당신'을 어루만진다. 아니, '나'는 어루만짐을 어루만진다. 시는 언어 바깥의 '당신'을 지시하는 대신 어루만짐을 어루만지게 함으로써 '당신'이 언어를 통해 수태한 사랑에 '나'를 연루시킨다.

하늘의 별은 뜨겁다. 밤은 차갑다. 벌거벗은 네 등은 차갑다. 내 손은 뜨겁다. 비가 오고 들판에서 피어오르는 뿌연 수증기. 내 손가락들이 수증기에 갇힌다. 물렁물렁해진 진흙

에 발이 빠지듯 네 등을 산책하는 손가락들이 빠져든다. **네
등에 손톱 끝으로 고랑을 내며 글씨를 쓴다. 씨앗을 뿌린다.**

흙이 글자를 끌어당긴다. 네 등에 묻힌 글자에서 싹이 돋
고, 들꽃들이 피어났다. 밤은 뜨겁다. 꽃은 뜨겁다. 꽃의 향
기는 시가 되어 손가락 끝에 만져진다. 네 등에 보이지 않
은 무엇이 영원히 새겨졌다. 별은 뜨겁다. 손가락도 뜨겁
다.   ──「손가락이 뜨겁다」전문(강조는 인용자)

이 에로스는 메타–피지컬metaphysical하다. 이 시에
담긴 운동이 실재와 감촉하는 '손–장난'이기 때문이다.
이제 우리는 강조된 부분에서 이루어지는 것이 구체적인
언어 작업, 그야말로 언어를 통한 노동(재차 linguistic
works)임을 확인할 수 있다. 밤은 차갑다. 밤이 호명한
빛은 뜨겁다. 부재는 차갑다. 비가시계가 밀어낸 별은 뜨
겁다. 부재하여 비가시계에 속한 '당신'은 차갑다. '당신'
을 반영하거나 재현하거나 수혈하는 대신 언어 안에서 빚
어내는, 구체적으로 노동하는 손은 뜨겁다. 비가시계와
언어를 교환하는 구체적 노력을 통해 '당신'은 시 내부에
서 움튼다. 손가락이 뜨거운 이유는 바로 그 손가락이 외
재적 실재를 향해 뻗은 것이 아니라 내재적으로 실재하는
'당신'을 어루만져 빚는 언어를 어루만지기 때문이다. 어
루만짐을 어루만지는 손가락은 뜨겁다.

172

3. 내재적 실재의 융기

　주지하듯, 채호기 시인은 이전 시집에서 뿌리는 물속에
둔 채 물 밖으로 꽃을 피워내는 수련에 주목한 바 있다.
그에게 수련이 문제적이었던 것은 그것이 한 몸에 두 세계
의 속성을 공유하고 있기 때문이었다. 그에게 수련은 "물
속 비밀을 물 밖 세계에 알리는 메신저"(「(수련 1)」)였다.
그에게 수면 밑의 세계가 존재한다는 것은 수면 위의 세계
가 존재한다는 것만큼 자명한 것이었다. 시인은 수련을
"언제나, 홀연히 어디 다른 곳으로 나를 데려가는" "단단
한 세계의 헐린 틈새"(「거리에서」)로 즉, 비가시적 실재
로의 통로로 간주하며 이 꽃에 주목했다. 수련 하나만을
소재로 60여 편의 시가 씌어진 이유이다. 그런데 이때,
우리가 주목해야 할 것은 그가 '수련'의 이미지와 시에 있
어서의 언어의 기능을 포개놓았다는 것이다. 채호기는 여
러 시를 통해 연못 위에 핀 수련이 종이 위에 적힌 글자의
운명을 집중적으로 보여주는 이미지라는 것을 말하고 있
다. 예컨대, "잔잔한 수면 위에 목만 내민 수련처럼/물결
없는 종이 위에 피어 있는 글자"(「글자」)라든가 "종이 위
에 '수련'이란 글자를 쓰자마자/종이는 연못이 되어 출렁
이고/자음과 모음은 꽃잎과 꽃술이 되어 피어난다"(「수련
의 비밀 1」)와 같은 대목에서 우리는 이 사실을 확인할 수

있다. 시에 있어서 언어의 기능과 수면 위의 수련의 이미지를 겹쳐놓으며 그는 '저 흰 수련이 종이 위에서 필 수 있을까?' 하고 물었다. 그러고는 이렇게 답한 바 있다.

너를 갖기 위해선
글자의 무덤을 파헤쳐야 한다.　　　　　──「수련」 부분

이 짧은 시구는 사물을 있는 그대로 환기시키고 싶은 시인의 원초적 욕망과 언어를 통한 사물의 재현이 갖는 근본적 한계를 고스란히 보여준다. 여기서 그의 일관된 관심은 선뜻 파악되지 않는 실재를 시 속에 환기시키는 것이었다. 그는 일련의 수련 연작을 통해, 사물이 언어를 통해 환기될 때 필연적으로 발생하는 간극을 확대해 보여줌으로써 자기동일성이라는 서정시 일반의 '불가능한' 이상 실현이 끝없이 유예되는 현장을 거듭 지목한 셈이다.

그러나, 이제 그의 지평은 조금 달라졌다. 이제 환기가 문제가 아니라 발생이 문제다. 채호기 시인의 관심은 물 위에 꽃을 피운 수련이 아니라 앞서 살펴본 몇몇 시에서처럼 물속에 잠긴 돌에게로 집중되다가 급기야 돌로 이루어진 산 하나에 집중된다. 비유컨대 그의 붓은 수련이 환기시키는 두 세계의 간극과 그것의 이미지화에 주목하는 모네의 손으로부터, 마치 수면 아래의 비가시적 세계가 문득 사물로 생성되어 우뚝 일어선 듯 생트빅투아르 산을 그

려놓은 세잔의 손으로 옮겨졌다고 할 수 있을 것이다. 이
제 간극의 환기와 불가능한 재현이 문제가 아니라 언어의
화폭 안에서 내재적으로 실재를 생성해내는 작업이 관건
이다. 다음의 두 시는 수면 아래의 돌들이 모여 산을 이루
는 풍경과 그것이 언어-화폭의 가시계 속에 일어나 우뚝
솟는 양상을 마치 실재의 음화negative와 양화positive
짝처럼 보여준다.

(1)
당신이 가본 적 없는 내 마음의
먼 산에도 눈은 쌓이겠지요.
나는 도심의 한가운데서
흰곰처럼 웅크린 먼 산을 바라봅니다.

[……]

사랑의 함박눈이 내리고
내가 가본 적 없는 당신 마음의
먼 산에도 눈은 쌓이겠지요.

당신과 내가 이렇게
함께 따뜻해도
눈이 쌓일수록 깊어가는 고요뿐

당신과 내가 가본 적 없는

먼 산에 눈은 쌓이겠지요.　　　　　　—「눈」부분

(2)

까맣고 노랗고 희고 푸른 모래들은 얼마나

긴 세월과 수많은 비바람을 압축하여

저 거대한 말의 덩어리가 되었나.

반짝이다 사라지고 흐려지다 나타나는

먼지들, 입김들은 허공중에 떠도는 얼마나

강한 사랑의 접착력과 서로 교배하는 음절들의 악력으로

하나의 우뚝 선 음악이 되었나.

구름처럼 시시각각 모이고 흩어지는 우연의 형상.

거무튀튀하고 단단한 쪼개질 수 없는 차갑게 식은

· 별이면서 그 속에 한숨과 동굴과 오솔길과 생각과

미로와 감촉과 계곡과 우주의 감정을 감추고 있는

결빙된 태양의 재, 그녀 앞에 그녀가 비치지 않는 돌.

[……]

그녀가 읽는 단어들이 나무로 우뚝하고

그녀가 읽는 문장들이 이끼로 미끄러운

그녀를 유혹하는 숲의 오솔길을 걷다가

그녀는 길을 가로막고 선 돌을 만났다.
각지고 둥그스름한 돌, 그녀는 돌을
펼쳤다. 문장 안에 그녀가 어룽거리며
비쳤다. 그녀 안에서 돌이 매혹적인 목소리로
울렸다.

숲 속의 밝은 햇빛이 눈동자에 머물렀다.
그녀가 물가에 섰을 때, 물에 비친 건
돌의 메아리, 검은 글자들이었다.
　　　　　　　　　　　　　──「돌의 메아리──마이산」 부분

　앞에 인용된 「눈」은 뒤에 인용된 「돌의 메아리──마이산」의 음화negative film이다. 「눈」이 내력이라면 「돌의 메아리──마이산」은 사건이다. 「눈」을 보라. 읽을 수 없는 마음은 미답의 산이다. 사랑은 '나'와 '당신'이 만드는 산, 그것은 '내'가 가본 적 없고, '당신'이 가 닿지 못하는 미답지에 태연하게 있다. 그 사랑은 아직 형태와 색채를 얻지 못하고 있다. 그저 작용하나 현존하지 않는 구체적 부재의 표상으로 "먼 산"은 있다.

　한편, 마이산은 돌산이다. 돌로 이루어진 산이다. "돌은/시/눈으로/읽을 수 없는/당신/가슴에 빠뜨린/시/〔……〕/손바닥에 감싸인/당신의/심장/읽지 않아도/두근거리는/시"(「당신의 심장」)라고 시인은 말한 바 있다. 돌

은 읽을 수 없는 마음을 만질 수 있는 심장으로 바꾸는 현
존의 힘줄이다. 그렇다, 환기시키거나 재현할 수 없는 것
에 절망하지 않고 내부에서 새로운 실재를 생성시키는 것
이 바로 시의 말이다. 보이지 않는 사랑의 먼 산, 비가시
계는 책이 아니라 심장으로 시 속에서 스스로를 빚는다.
다시 한 번 구체적 '언어 작업(노동, work)'을 잊지 말자.
비가시계를 재현하는 것이 아니라, 구체적 언어 노동을
통해 비가시계와 언어의 교환을 만들고 거기서 내재적 실
재가 호흡을 시작하게 하는 것, 그것이 관건이다. 이제 그
의 시는 수련이 아니라 산이다. 구체적으로 말로 빚어진
산 하나가 시 내부에 우뚝 서 있다. 세잔이 색으로 행한
일을 이 시인은 언어로 행하고 있다. 그것은 사물이 스스
로를 생성하고 구축한다는 사실의 고지이다. '나'를 통해,
'내' 말을 통해 "그녀가 읽는 단어들"은 우뚝 나무를 세우
고, "그녀가 읽는 문장들"은 세세한 이끼를 깐다. 그러나,
여기에 드라마가 없는 것이 아니다. 본래 돌은 부동이다.
그녀 앞을 가로막고 있던 것은 "완고하게 닫힌 돌"(「검은
돌 앞에서」)이었다. "그녀가 비치지 않는 돌" 앞에서 재현
의 실마리를 찾는 일은 번거롭다. 대신 '내' 언어를 빌려
그녀는 "각지고 둥그스름한 돌"을 "펼쳤다." 그녀는 '내'
언어를 자신을 비추는 거울로 삼는 대신 그것을 풀고 그것
에 맥박을 주었다. 그러자, "그녀 안에서 돌이 매혹적인
목소리로"(이상 「돌의 메아리―마이산」) 울리기 시작한

다. 그녀는 부동을 유동으로 풀어 스스로를 '내' 말 안에서 생성하고 구축한다. 시가 사물과 새로운 계약을 맺었다. 시는 이제 스스로를 어루만져 사물을 빚는다. 저 부동을 어루만지는 손은 오래된 재현의 규약을 해지하고 자신을 돌본다. 세잔은 끝내 생트빅투아르 산에 이르지 못했을 것이다. 그러나 세잔은 생트빅투아르 산을 낳았다. 채호기의 손은 물에 빠진 돌들을 일으켜 마이산을 우뚝 세웠다. 거리가 사라진 것이 아니다. 거리를 고스란히 일으켜 세움으로써 이제 저 손은 어루만짐을 어루만진다.

> 고요의 마법이 풀리고 돌로 굳어버린 내
> 입이 말하기 시작하면서 저 돌의 귀는 마침내
> 돌의 부동을 풀고 물이 되어 유동할까?
>
> ──「마이산」 부분